BBN
B•BOY NOVELS

マハラジャの愛妻

加納 邑

この物語はフィクションであり、実在の人物・団体・事件等とは、いっさい関係ありません。

CONTENTS

マハラジャの愛妻

1. 王宮の花園

花の根元に被《かぶ》せた土を、ポンポンと手のひらでやさしく押さえる。

朝からずっと続けていた肥料やりを終えたミルは、額《ひたい》に流れる汗を拭《ぬぐ》いつつ立ち上がった。

「これでよし、と……」

今年十五歳になったばかりのミルは、ほっそりとした身体つき。身長は、目の前に無数の細い枝を伸ばしている花の中木よりも、頭一つ分ほど低い。

常夏《とこなつ》の南国の太陽を浴びて、こんがりと焼けた肌。小さな鼻と口、あどけなさの残る顔立ち。汗に濡《ぬ》れた黒髪が、黒い大きな瞳に濃い影を落としている。

ミルの服装はいつも、白い質素な五分袖《そで》と膝丈《ひざたけ》の下衣だ。そのおかげで、午後になってますます強くなってきた日差しの下で庭いじりをしていても、いくらか涼しくて動きやすい。

「ふう……あとは夕方になって涼しくなったら、この子たちに水をあげて、と。それで今日の仕事は終わりかな」

庭の片隅に立ち上がると、中庭を心地よい風が吹き抜けていった。

ゆっくり巡ったら一時間はかかるこの広い中庭は、王宮のちょうど真ん中にある。

マハラジャ――つまりは、この国を治める王のための庭だ。

中庭の中央には、マハラジャ用の日差し避《よ》けのついた立派な休憩所がある。その周りを埋め尽くすように、色とりどりの花々や緑を茂らせる木々が植えられていた。

毎日、政務に忙しく追われているマハラジャ。

その彼が休憩に訪れたとき、少しでも心が慰められるように。毎日この庭に楽園のように花を絶やさずにしておく仕事を、ミルは誇りに思っている。

「今日もきれいだよ、お前たち」

可憐《かれん》な桃色の花たちに微笑《ほほえ》みかけ、そっと目の前に立つ中木の細い枝を手にする。

花弁に鼻先を近づけて、くん、と甘い香りを嗅《か》いだ。

「一ヵ月後には、もっときれいに花を咲かせてね。それで、いっしょに新しいマハラジャの戴冠《たいかん》式《しき》をお祝いしよう？」

愛らしい花をちらほらと咲かせ始めた中木は、葉の間に小さな蕾《つぼみ》を無数につけている。

ちょうどよい時期に、今日こうして肥料やりを終えられた。一ヵ月後、栄養をたっぷり吸ったこの中庭の花々は満開になっているはずだ。

新しいマハラジャは、つい数日前、前マハラジャから次期王の指名を受けた。

これから毎日、国はお祝いの雰囲気一色に染まる。

外国から祝いの特使がやって来たり、たくさんの高価な贈り物が届いたりして、王宮では毎晩のように宴会が催《もよお》されるという。

そして一ヵ月後には、王宮で正式な戴冠式が行われる。その日、ミルは新しいマハラジャのためにこの中庭をこれまでで一番美しい花園にして、彼の即位を祝いたいと思っている。

（僕みたいな低い身分の者が、新しいマハラジャのために大したことはなにもできないけれど。せめて、この庭の花をきれいに咲かせることでお祝いをしたい。それが、親さえどこの誰か分からない僕を働かせてくれているこの王宮の人たちへの恩返しになる。それに、親方が生きていたら、きっと僕と同じようにしてお祝いをしようとしたと思うから……）

病気で半年前に亡くなった、庭師の親方。

彼は幼い頃に親に捨てられたミルを引き取り、下町にある小さな家で育ててくれた。

王宮での仕事に同行させ、庭師の仕事を一から教えてくれたのも彼だ。親方から十年以上かけて仕込まれた技術があったからこそ、ミルは独りぼっちになっても、こうして彼のやっていた王宮での仕事を引き継ぎ、なんとか食べていくことができている。

（親方……今もあの空のどこかで、僕の仕事ぶりを見ていてくれるかな……）

懐かしい彼の顔を、青空にぼんやりと思い描いた。

まだ親方が生きている頃。ミルが一生懸命に仕事を手伝い、丁寧に花や草木の世話をしていると、彼はいつもやさしく頭を撫《な》でてくれた。

『お前が世話をすると、植物たちが元気になる。まるで、お前が花や木を大事に思っていることがその手から伝わっているみたいだ。お前は不思議な手を持っているな』

そう言ってミルの手を握り、まるで父親のように微笑んでくれた。

『俺は独り身だし、跡継ぎがいなくて困っていたところだった。お前が俺の家の近くに置いていかれたのも、きっと神様が俺に息子をくれようとしてのことだろう』

温かな彼の笑顔を思い出したミルが、涙ぐんだ、そのとき。

遠くから、銅鑼《どら》の鳴る音が聞こえてきた。

「あ……」

腹に響くような低い音のする方へ、顔を上げる。

中庭へ入るマハラジャ用の入り口の扉の上に立てられた、高い円柱。そこに、王家の紋章の描かれた旗がスルスルと上がっていった。

「銅鑼が……旗も。いけない、早くここを出なきゃ」

ミルはあわてて庭の手入れの道具をまとめ、深い手提げの容器に詰め込む。

身長の二倍以上も高さのある塀《へい》のところまで走って行き、そこについている扉を開けて、二重になっている塀の内側に入った。

「ふう……」

扉を素早く閉めて、塀に背中で寄りかかる。

二つの塀の間は、成人男性が二人並んで歩けるほど幅広になっている。

その塀の中の通路は、ミルがいつも庭師用の入り口から中庭へと入るために使っている。今のようにマハラジャの庭への来訪が知らされたときには、ミルがとっさに身を隠す場所にもなる。

庭師がすぐに姿を消せるよう、中庭に面した塀の壁には、この二重の塀の中へ入るための扉が五十歩ほどの間隔でいくつもつけられている。

「マハラジャに僕の姿を見られたら、大変なことになっちゃうよ。そんなことがあったら仕事は即クビだ、ってゴア様に言われているから……」

ゴアというのは、王宮の庶務いっさいを取り仕切っている重臣だ。

五十代半ばくらいの男性で、半年前、親方を亡くしたミルをそのままこの中庭担当の庭師として雇ってくれた恩人でもある。

その彼に、ミルは一人で仕事を始める前にしっかりと念を押された。

『お前のことは、ほんの幼い頃から十年以上も知っている。お前の真面目《まじめ》さも知っているから、信頼してここで雇ってやるが……条件がある。これまでもそうだったから、改めて言うことでもないとは思うが……いいか、中庭でマハラジャに失礼なことだけはしてはならないぞ』

眉《まゆ》を寄せたいかめしい顔で、厳しく言われた。

『王宮の中庭にはマハラジャしか入れないことになっている。それは、マハラジャに本当にお一人になれる時間と場所を作って差し上げることで、激務のお疲れを癒《いや》していただくためだ。そこにお前のような身分の者が姿を見せて、お休みの邪魔をしてはならん。マハラジャが中庭に入られるときには、庭の入り口に立つ守衛が銅鑼を鳴らして旗を上げ、中にいるお前に知らせることになっている。銅鑼の音を聞き、旗が上がるのを見たら……お前はなにをしていようとその手を止め、すぐに塀の内側に入れ。姿を見せてマハラジャのお目を汚してはならんぞ』

マハラジャに庭師である自分の姿を見せないこと。身分の低い者と国王のマハラジャが口をきくなんてとんでもないから、言葉をかけることはもちろん、話などはぜったいにしないこと。

その二つを約束させられた。

『この約束を破ったら、お前のことを即クビにする。分かったな？』

『はい』

ミルは神妙に頷《うなず》いた。

親方といっしょのときも同じ規則を守ってきたから、どうすればいいかは分かっていた。

数日前までマハラジャの位にあった前マハラジャが中庭に来て休んでいるときには、ミルと親方は身を隠し、中庭の中にいることはなかった。そのため、もう十年以上王宮に通っているけれど、これまで前マハラジャの姿を仕事中に見たことは一度もない。

数日前から前マハラジャと入れ替わりに通ってきている新しいマハラジャの顔も、当然、見たことがない。

（そういえば、新しいマハラジャってどんな方なんだろう？　これまでのマハラジャの一人息子で、まだ若いっていう噂《うわさ》だけど……）

塀にもたれたままでいろいろ想像してみたけれど、やがてそれをやめた。

新しいマハラジャの顔は、戴冠式後のパレードで見ることができるかもしれない。

それ以外に彼がどんな人かを知ったところで、仕方がないだろう。自分とはこれから一生なんの接点もなく、一言も口さえきけない人なのだから。

（マハラジャどころか、僕は同じ使用人の人たちともほとんど口をきいたことがないし……）

ミルの休日は一週間に一度。その他の日は、ほぼ毎日、王宮に通っている。

正面の門の脇《わき》にある使用人用の小さな門をくぐり、王宮内に入る。五階建ての建物に入ってからは、使用人たちが通る通路を使い、庭師用の門から塀の内側に入って中庭に行く。

その間に数人の使用人たちと擦《す》れ違うこともある。だが、誰も、最も低い身分の庭師の子供に興味を持たず、声をかけようともしない。

庭師のミルは、この国では土に触れる者として最下層の身分にある。

同じように王宮で働いている者たちでも、女官は、貴族や大商人の娘といったそれなりに身分の高い者の縁者《えんじゃ》ばかり。住み込みで掃除や料理を手伝っている下っ端《ぱ》の者たちでさえ、庶民の中でそこそこの家の出身者ばかりだ。

ミルのように、捨て子で出自も分からないような者など、この王宮で働いている人間の中には他に一人もいない。

同じ身分にある他の庭師たちも数人いるのだが、彼らの担当は外の庭だ。

たまに話をすることのある彼らであっても、ミルの顔をぼんやりと、そういえばそういう奴がいたな、というくらいにしか思い出せないだろう。

ミルの顔と庭師という身分をはっきりと知っているのは、王宮の門前で出入りの者を調べている門番たち。中庭への庭師用の扉の前で警備をしている守衛。そして半年前、それまで親方の助手でしかなかったミルを正式に庭師として雇うことに決めてくれたゴアくらいだ。

使用人仲間からも相手にされず、ただ黙々と一人、王宮の中庭と下町の家を往復する毎日。

ミルにできることは、草花の世話をして美しく咲かせることくらい。

そんなミルと、一国の頂点に立ち、国民の尊敬と愛情に包まれているマハラジャは、これから先、口をきくどころか、一度も目を合わせることすらないのだ。

（どんな方かは知らないけど、きっと、優秀で頼りになるマハラジャなんだろうな。そうでなかったら、若くしてマハラジャの位を譲られるわけがない……）

ミルは道具入りの容器を手に提げたままで、塀から背中を離した。

「さて、と……じゃあ、マハラジャが中庭で休んでいらっしゃる間、僕は作業場に戻っていようかな。新しく仕入れた花の苗の状態も調べたいし……」

使用人用の中庭への扉を入ってすぐのところに、広い作業場がある。庭師のミルが休憩を取ったり、花の苗を育てたり、道具をしまっておいたりするための場所だ。

中庭専属の庭師である自分が自由に使っていいそこへ、ミルは足を向ける。

しかし、歩き出したとたん、ピタリと足を止めた。

「……？」

声が聞こえた中庭の方へ、塀の中でゆっくりと顔を向ける。

「今の……呻《うめ》き……声？」

中庭に面した塀の前に近寄り、耳を澄ませた。

塀が高くて中の様子は見えないけれど、風に乗ってもう一度、誰かが呻いているような声がかすかに聞こえた気がした。

（誰かが、中で……苦しんでいるような声に聞こえる。でも、中庭にはマハラジャしか入れないはずで……あ、じゃあ、今の声はまさか……？）

ミルは、どうしよう、と二重になった塀の間をウロウロと歩き回ったあと、意を決して、近くについている扉をほんの少しだけ引き開けてみることにした。

本当なら、こんなふうに覗《のぞ》いてはいけないのに……そう思って、緊張で胸がドキドキと鳴る。

自分の姿を万が一にもマハラジャから見られないよう、そっと目だけを出して中の様子をうかがったミルは、次の瞬間、大きく息を呑《の》んだ。

(あ……っ!?)

塀から三十歩ほど離れた先に、男性が一人倒れている。

顔をあちらに向けているし遠目なのでよくは分からないが、広い背中は二十代くらいの男性のものに見えた。地面に這《は》いつくばるように伏せた彼は、自分の足首を押さえている。

(あれは……も、もしかして、マハラジャ……っ!?)

ドキッとして男性を見つめたミルは、すぐにハッとした。

彼が押さえている足首が、鮮やかな赤い血に染まっている。

(足に怪我《けが》を……っ!?)

石か刃物で怪我をしたのだろうか。いや、もしかしたら蛇に噛《か》まれたのかもしれない。

もし、毒を持っている蛇に噛まれたのだったら。一刻も早く毒を吸い出し、毒消しの薬を飲ませなければ、命に関わる大ごとになる。

動けずにいる男性を見つめ、ミルは青ざめた。

(ど、どうしよう!? 僕はマハラジャと口をきいちゃいけないいし、この姿を見せてもいけないことになっているけど。でも、このままじゃ……っ!!)

焦《あせ》りつつ迷ってから、ギュッと唇を嚙みしめる。

(……やっぱり、放っておけないっ!!)

ミルは扉を引き開け、勢いよく飛び出した。

ダッと駆けて近寄って行き、男の前に回り込んで膝をつく。

「……お前は？」

絹製の立ち襟《えり》の上着と踝《くるぶし》までの下衣を身につけた男性が、苦しそうに視線だけを上げた。地面に横向きになり、這いつくばるようにして倒れている彼。その額に脂汗《あぶらあせ》を滲《にじ》ませた顔を見たミルは、小さく息を呑んだ。

(金の髪……っ？)

地面についた精悍《せいかん》な頰《ほお》を、ターバンからはみ出たやわらかな髪が覆っていた。

ミルがこれまでに見たこともない、金色に輝く髪。細いそれは午後の強い日光を浴び、まるで絹糸のように艶《つや》を持っている。

南国では、皆、たいていが黒い髪をしている。茶色の髪をしている者もたまに見かけるけれど……こんな金色の髪を目にするのは、ミルは初めてだった。

二十代の半ばほどに見える彼は……着ているものやその身から放つ気品から、どうやら新しいマハラジャに間違いないだろうと思えた。

すっと高く通った鼻筋。しっかりとした頰から顎《あご》にかけての、大人の男を感じさせる骨格。滑《なめ》らかな濃い色の肌だけが、南国育ちを連想させる。

足首に負った傷の痛みに耐え、少し眇《すが》めるようにしてミルを見上げてくる目は、よく見ると黒ではなく灰色をしている。くっきりとした二重《ふたえ》の双眸《そうぼう》。奥に淡い光を溜《た》めてそれを放っているかのような二つの瞳の美しさに、ミルの目は惹《ひ》きつけられた。

(金色の髪に、灰色の目だ。なんてきれいな……)

わずかな間だが見惚《みと》れてしまっていたミルは、ハッと我に返る。

あわてて、マハラジャの目をうかがうように覗き込んだ。

マハラジャと言葉を交わすことは固く禁じられている。どうされたのですか、と目で問うと、途切れ途切れの低い声が返ってきた。

「蛇……に……」

彼は痛みに奥歯を噛みしめ、男らしい眉を寄せて顔をしかめている。それでも、生まれ持った容姿の美しさと、全身から滲み出る高貴さを失うことはない。

「どうやら、毒を持っている……蛇だったらしい。首のところに、赤く……太い筋が入っている蛇で……全身が痛んで、一人では、動けな……い」

「……っ!!」

やっぱり！　と青くなったミルは、マハラジャの足の方へと素早く移動した。

革製の靴と絹の下衣の間から、裸の左足首が覗いている。二つの小さな穴が……蛇の噛み跡がついており、赤い血が下衣を濡らしていた。

毒のためか周囲が腫《は》れ上がっているそこに、ミルは身を屈《かが》めて口をつける。

毒をめいっぱいの強さで吸い出すと、顔を背け、口の中に溜まったそれを地面に吐き捨てた。

「……すまないが、お前、肩を貸してくれる……か？」

「……」

ミルは無言のままで大きく頷いた。

苦しさに呻いているマハラジャに肩を貸し、彼をその場にゆっくりと立たせる。

（とにかく、入り口の扉の外にいる守衛のところまで、マハラジャを連れて行かなきゃ。早く、毒消しの薬を飲ませてもらわないと……っ！）

立ち上がると、ミルの頭のてっぺんがマハラジャのちょうど首の辺りだった。

自分よりずっと背が高く体格もいい彼を支えたとたん、肩にずしりと重みがかかる。膝が震えたけれど、ミルはキッと前方を見つめて歩き出した。

「……」

少しずつ入り口の方へ向かうと、マハラジャは苦しそうにしながらも自分の足でしっかりと歩く。毒が回っているせいか足取りはフラフラし、途中、何度も転びそうになったが、それでもミルになるべく負担をかけないようにと、奥歯を嚙みしめて進んで行った。

苦しさに脂汗を浮かせて歩くその姿に、ミルは彼を心配しながらも感心した。

（嚙まれた痛みがあるだけじゃなくて、蛇の毒が身体に回ってきているだろうから、すごく辛《つら》いはずだと思うのに。この人、全く弱音を吐かない……）

数年前、同じように首に赤い筋のある毒蛇に噛まれた男を見たことがある。

誰もが見上げるような大男だったが、毒で苦しみ、自分で歩くこともできなかった。その蛇に噛まれると、毒が回って全身がひどく痛み……放っておくと全身が紫色に膨《ふく》れ上がって、死んでしまうことさえあるという。

医者が来るまでの間、その男は全身の痛みとそのまま蛇の毒で死んでしまうかもしれないという恐怖から、皆の前で泣き叫んでいたくらいだ。

(あの男の人は、最後には痛みで失神しちゃっていた。でも、マハラジャはこうしてなんとか自分の足で歩いて……すごく、我慢強い方なんだ……)

マハラジャに無理をさせない速度で歩いて行き、入り口に辿《たど》り着いた。

扉のすぐ外には守衛が二人立っている。ここまで来れば、もう一人で平気だろう。

「すまなかった……な、おかげで助かった」

扉に寄りかかったマハラジャが、苦しそうな吐息交じりにミルを見つめる。

「礼を言うぞ。お前、名前は……?」

「……」

ミルは黙ったまま、ペコリと深く頭を下げた。

そしてクルリと踵《きびす》を返し、ダッと中庭の奥へと向かって駆け出す。

「あ、おい……っ?」

マハラジャの声を振り切るようにして、中庭を囲む塀の中へと扉を開けて走り込む。

身を隠してからも、ちゃんと守衛がマハラジャに気づくかどうかが心配だった。少しだけ扉を開けておき、マハラジャの立っている入り口の様子をうかがう。

「……マハラジャ、いかがなされたのですかっ？」

マハラジャが扉を開けて出て行くと、すぐに守衛の悲鳴のような声が聞こえた。

「おい、すぐにゴア様にお知らせしろっ。マハラジャが大変だっ！」

「医者を呼べ、早くっ」

王宮内が騒がしくなり、マハラジャは自室へと運ばれていったようだった。

ホッとしたミルは、塀の扉を静かに閉める。

（よかった。これですぐに毒消しの薬を飲めば……なんとか、命に別状はないはずだから）

庭師の作業場の方へと塀の中を歩いて行きながら、マハラジャの顔を思い出す。

上品でありながら、男らしく整った顔立ち。

見る者の心を惹きつけて離さない、力強さに溢《あふ》れているきれいな灰色の双眸。彼のそれを頭の中にぼんやりと思い描くと、ミルの胸はドキドキと甘く鳴った。

（……あの方が、新しくマハラジャになる方なんだ？　一ヵ月後に戴冠式を終えたら、この国を治めていかれる方……？）

その昔、マハラジャの祖先は、水の権利を巡って苦しんでいたこの地方の人々を、私財を投げ打って救った。さらには、それまで圧政を敷いていた支配層を、自らの一族を引き連れて命をかけて戦い追い出して、皆が幸せになれるようにと新しい国を建てたという。

それから数百年、この国の肥沃《ひよく》な土地と豊かな水源を手に入れようと狙う外国は数多くあったが、マハラジャの一族が卓越した軍事力と政治力で守ってくれていたおかげで、他国から攻め込まれることもなく、国民は平和に暮らしてきた。

そのことを皆知っていて、王宮と王族は国民の尊敬を集めているのだ。

先ほど見た新しいマハラジャは、そういった勇敢な祖先の末裔《まつえい》に相応《ふさわ》しい、強い肉体と精神力を持っている人のようだった。

(あんな人、初めて見た。すごくきれいで男らしくて……まるで、寺院に祀《まつ》られている神様のうちの一人みたいで……)

それから作業場と中庭で仕事をしている間、ミルはずっとマハラジャのことを考えていた。

夕方になって、王宮からほど近い下町の家に帰り、寝台に入ってからも……ずっと、王宮で見たマハラジャのことが頭から離れない。

(蛇の毒、あまり大したことがありませんように。マハラジャが苦しみませんように……)

その夜ミルは遅くまで、寝台の上でマハラジャの無事ばかりを祈っていた。

◇

中庭でマハラジャを助けてから、今日で三日。

朝、いつものように使用人用の脇の門から王宮に入り、中庭へと通じる扉も守衛に通してもらったミルは、ホッと安堵《あんど》した。

今日こそは、お前はもうクビだから来なくていいと言われるかと恐れていた。

（マハラジャを助けるためとはいえ、この姿を見せちゃったから。マハラジャが中庭で僕に会ったことを話したら、ゴア様がすぐに僕をクビにするはずだと思って……）

口はきいていないけれど、姿は見られてしまったのだ。

マハラジャを助けた当日は、彼が無事であればいいということばかり考えて心配していたけれど、翌朝起きて、ゴアとの約束を破ってしまったことに気づいて青ざめた。

（でも、これだけ通っていてもクビにならないってことは、マハラジャが僕のことを誰にも言わないでいてくれたんだ……？）

ミルは作業場から二重の塀の中を通って、中庭に入った。

地面にしゃがみ、先日たっぷり肥料をやった花たちの様子を見ながら、時々、チラッと五階建ての王宮の方へ視線を上げる。

どこかは分からないけれど、その中の一つの部屋で、この前会った新しいマハラジャが寝起きしている。

（マハラジャ、身体はもう大丈夫になったのかな？　あ……もしかして、僕がクビになっていないのは、マハラジャがまだ蛇の毒で苦しんでいて……口もきけなくて、僕のことを誰にも話せないでいるからとか……？）

心配になったとき、背後でカサッと草を揺らすような音が立った。

人の気配を感じたが、マハラジャの来訪を知らせる銅鑼も鳴っていないし旗も上がっていない今、ここには庭師である自分以外、誰も入れないはずだ。

「……っ？」

不審に思いつつ素早く振り返ったミルは、その瞬間、心臓が止まるかと思った。

「よかった、いたな」

「……っ!!」

背後に立っていたのは、立ち襟の、光沢のある美しい絹服をまとった長身の男性だった。

二十代半ばに見える彼は、肩幅の広いしっかりとした身体つきをしている。

日に焼けた頬に、ターバンから漏《も》れ落ちた南国にはめずらしい少し長めの金髪がかかる。

朝の眩《まぶ》しい光を透かす灰色の目は、どんな高貴な宝石よりも美しく見えた。

花の中木の前にしゃがんでいるミルを、気品と温かさに溢れたやさしげな眼差《まなざ》しで見下ろしていたのは……先日会ったマハラジャだった。

「……っ？」

ミルは素早く、中庭の入り口の方へ目を遣《や》る。

マハラジャが庭を訪れるときには、いつも円柱に高く掲げられるはずの旗が、今日は上げられていない。低い銅鑼が鳴らされる音も、聞こえなかった……と思う。

（ど、どうして……っ!?）

花の手入れをしていたその格好のままで、呆然《ぼうぜん》として固まる。

ミルが混乱した気持ちで見上げていると、マハラジャが灰色の美しい目を細めた。

「そんな顔をするな、驚かせて悪かった」

王者に相応しい、自信に満ちていて落ち着いた話し方だった。

「お前に会いたくて、今日は銅鑼を鳴らさないように、と守衛に命じたんだ。なんというか、その……お前は多分、この庭の手入れをしてくれている者だろうと思った。いつものように銅鑼を鳴らして旗を上げたら、お前はきっと姿を消してしまっただろう？」

「……」

「お前に会って、直接、この前の礼を言いたかったんだ。あのとき、お前がすぐに毒を吸い出してくれて、出入り口の前まで俺を連れて行ってくれたから、大事には至らずにすんだ。まあ、それでも丸二日ほどは寝込んだんだが……」

彼は苦笑したあと、ミルにやさしい笑顔を向けてくる。

「今はこのとおり、すっかり快復している。お前に助けられたことを周りの者に話して、褒美《ほうび》を与えよう……とも思ったんだが、俺の側近のカッサムという者から、そうするとお前が困ることになるだろう、と言われた。お前は、俺と口をきいたりその姿を見せたりしたら、仕事を失ってしまうと……そう聞いたから、お前に会ったことを他の者には言わずに黙っていた」

「……」

「だから、お前が俺を助けてくれたことは、俺とカッサムしか知らない。とにかく、俺はお前にこうして礼を言いたかった。公式に褒美などはやれないが、お前になにか欲しいものがあれば、俺が個人的に用意しよう」

「……」

ミルがずっと黙ったままでいると、マハラジャは笑顔のままで少し首を傾《かし》げる。

「……お前、ずっと黙っているな。この前もなにも言葉を発しようとしなかったし……もしかして、口がきけないのか？」

ミルは焦りながら、首を横に振る。

マハラジャが……この国の王が、自分のような最下層の身分の者に話しかけている。

一生、目すら合わせることがないと思っていた高貴な人が、わざわざ自分に会うために中庭に足を運び、自分を見つめて微笑みながら声をかけてくれた。

信じられない、と胸が高鳴ると同時に、とんでもないことだと怖くなった。

（も、もうこれ以上、マハラジャに無礼なことをしちゃいけない。早く、ここから立ち去って姿を隠さなきゃ……っ！）

ミルは素早くその場に立ち上がり、庭の手入れ用の道具を置いたままで踵を返す。

塀の方へ向かって走り出したとたん、焦りのためか足がもつれて石に躓《つまず》いてしまった。

「あ……っ」

悲鳴を上げ、前のめりになって花の中木の茂みに突っ込む寸前、背後から腰をつかまれた。

「危ない……っ！」

ぐいっと後ろに身体を引かれたけれど、間に合わない。

ミルはマハラジャに抱かれたまま、ドサッと横向きに地面に倒れ込んだ。

中木の花の根元に手をついて倒れ込んだミルの上に、身を起こしたマハラジャが四つん這いになって伸《の》しかかるような格好になる。

顔を上げると、睫《まつげ》が触れそうなほど近くにマハラジャの鼻先が迫っていた。

「大丈夫か？」

金髪の間から覗く美しい灰色の目に、ミルはドキッと甘く胸を鳴らす。

「あ、あ……っ、申し訳ありませんっ！」

草の上に倒れているミルは、頬に血を上らせる。

「あの、マハラジャ、どこかお怪我はありませんかっ？」

「……よかった、口はきけるようだな」

マハラジャに穏やかに微笑まれて、ミルはハッと口を手で押さえた。

「あ……」

視線を揺らしたあと、ギュッと目を閉じる。

「すみません、僕のような者がこのように姿をさらして。お目汚しを……っ」

身体を強張《こわば》らせて言うと、不思議そうな声が返ってきた。

「目汚し？　お前の姿を見ると、俺の目が汚れるというのか？　こんな……花の精のように愛らしいお前を見たからといって、そんなことがあるわけがない」

「は、花の精……？」

ミルは恐る恐る目を開けてみる。

目の前で、まるで古代からこの国を守っているという神々のように美しい、朝の日の光を浴びたマハラジャが微笑んでいた。

「そうだ……お前は、花の精のように可憐だろう？」

「……そんな、とんでもありません。この僕が、花の精なんて」

ミルはあわてて首を横に振る。

身分も低く、学もなく、容姿も取り立ててよいところもなく十人並みの自分。それが花の精などと形容されていることが、とても信じられなかった。

「俺はそう思ったんだ」

マハラジャはきっぱりと言い、微笑みを絶やさない。

「この二日間、蛇の毒で苦しんでいたとき……お前のことをぼんやりと思い出していた。ここで俺を助けてくれたお前のことを。名前も告げず、一言も口をきかずに去ってしまって……あれはもしかしたら人ではなく、この庭に住んでいる花の精が俺を助けてくれたのかもしれない、と」

マハラジャはミルに言い聞かせるように話し続ける。

「あのときお前に助けられていなかったら、俺はこの中庭から動くこともできず、一人で死んでいたかもしれない。お前は命の恩人だ。そのお前の姿を見たからといって、俺の目が汚れるわけがないだろう？　お前と再びこうして会えて、言葉を交わすこともできて……俺はとてもうれしい。寝ている間、ずっと想像していた。お前が口をきいたら、どんな声なんだろう、と。思っていたとおり、とても可愛らしい声だった」

「……」

「お前さえよければ、今日はちょっと長くお前と話をしたいと思って、朝の予定をいくつか午後に回して、ここへ来た。どうだ、俺と今、少し話をしてくれるか？」

「え……？」

新しいマハラジャは、これから正式な戴冠式までの一ヵ月間、目も回るほど忙しいはずだ。そこに蛇の毒で二日間も動けなかったとなれば、予定も押しているだろう。

それなのに、マハラジャはわざわざ時間を作って自分に会いに来たのだと言う。ミルには、彼の申し出を断ることは難しかった。

「で、でも……」

草の上に倒れたままのミルは間近から見つめられ、ドギマギしつつ言う。

「僕は……ここの庭師で、ご存知のとおりゴア様と約束しているのです。マハラジャの側近の方が言われたとおり、中庭でマハラジャと口をきいたり、自分の姿をさらしてお目汚しをするようなことがあったりしたら、即、ここでの仕事を辞める、って……」

「……ああ、そのようだな」

マハラジャは神妙な顔で頷き、また微笑む。

「だが、俺とお前さえ黙っていれば、話したことは誰にも分からないだろう?」

彼は悪戯《いたずら》っぽく肩をすくめてみせた。

「お前と口をきいたことも、お前の姿を見たことも、俺は誰にも言わない。側近のカッサムにだけは、もうお前のことを話してしまったから、あいつは特別ということになるが……カッサムは俺が口止めしておけばぜったいに他に漏らすようなことはないから、安心していろ。ゴアには知られないようにするから……だから、あっちの休憩所に行って少し話をしよう」

「話……」

ミルはどうしていいか分からず、眉尻《まゆじり》を落とした。

「でも、マハラジャとお話だなんて……なにを話していいのか分かりません」

「お前のことをなんでも話してくれればいいんだ。ほら」

「あ……」

先に立ち上がったマハラジャに手を取られ、ミルは引き起こされた。

立つとすぐに、中庭の中央にある休憩所へと促《うなが》される。

屋根のついた壁のないそこは、一辺が三十歩ほどの四角い空間だ。白の大理石でできた丸いテーブルと椅子《いす》二脚、そしてその隣にマハラジャがくつろげるようにと、金箔《きんぱく》の縁《ふち》で飾られた赤い革張りの寝台が置いてあるだけで、中はガランとしていた。

庭の手入れとともにこの休憩所を掃除するのも、ミルの毎日の仕事になっている。

優美な猫足の椅子に、テーブルを挟んで座るようにと命じられた。

けれど、きれいな座面を汚しそうで怖い。マハラジャと向かい合って座るというのも、ミルは恐れ多くてなかなかできなかった。

（な、なにをお話ししたらいいんだろう。僕のことを、って言っても……）

毎日、王宮と下町にある小さな家を往復するだけの生活。休みの日には、たいていは一日なにもせずに身体を休めている。疲れていないときには近くの寺院へ行って、そこで孤児たちの遊び相手をする。

王宮からの給金で食べるのには不自由していないが、口にするのはごく質素なものばかりだ。

そんな自分が、国で一番のお金持ちで、教養もあって、毎日高価で美味《おい》しいものを食べ、国内のさまざまな土地へ旅していろいろなものを見ているマハラジャに話して、面白《おもしろ》がったり楽しんだりしてもらえるようなことなんて、一つとしてないように思える。

（どうしよう、でも……こんなところに二人きりで座っちゃったんだから、これでなにも話そうとしないっていうのも、失礼になるだろうし……）

ミルは気ばかり焦らせて俯《うつむ》き、椅子の上に緊張して座っていた。

沈黙が続いて気まずく思っていると、マハラジャが口を開く。

「……ところで、お前、名前はなんという？」

話しかけられて、ホッとして答えた。

「あ、は、はい、ミル……です」

「俺はラシュという名前なんだ。覚えておいてくれるとうれしい」

「ラシュ……様」

ミルの胸はドキドキと早打った。マハラジャから直接、名前を教えてもらえるなんて、まるで夢の中の出来事のようだ。

「そうだ、お前はゴアを知っているんだったな」

「はい……」

ミルが小さく頷くと、マハラジャは盛大なため息を吐《つ》いた。

「あいつはいい奴なんだが、いろいろと口うるさいところがいけない。子供の頃から、俺はよくあいつの言いつけを破って怒られて……頭が固いところがあるのは知っている。お前のことだって、俺と口をきくことがあったらクビだと約束させたなんて……どうせ、身分がどうとか言ったんだろう？　俺はそんなものは気にしないし、むしろ、国のいろいろな立場にいる者たちと気軽に話をしたいと思っている」

ミルは相槌《あいづち》を打つこともできずに困った。

王宮のいっさいを取り仕切っているゴアは、マハラジャにとっては親しい重臣の一人にすぎないのだろう。だが、ミルからしたら雇い主であり、口をきくのも恐れ多い身分にある相手だ。

「あの……でも、約束は約束なので。ゴア様に、こうしてマハラジャとお話をしたことを知られたら、僕はここを辞めなければいけないと思っています」

「……お前は真面目なんだな」

軽く口を結んだマハラジャが、テーブルに片手で頬杖《ほおづえ》をついた。

ミルをじっと、その灰色の目で興味深そうに見つめる。

「あいつは……ゴアは、なにに対しても真面目な人間が好きだから。お前のそういうところはきっと、ゴアに好かれているだろう」

「ゴア様にはとても感謝しています。親方が亡くなったあと、僕がこうして王宮でのお仕事をさせてもらえているのは、ゴア様が、身寄りのない僕でも信頼して雇ってくださったからで……」

「親方？　お前の他にも、この中庭の手入れをしていた者がいたのか？」

「あ、はい。半年前まで……」

ミルは孤児だった自分の身の上や、親方に引き取られて育ててもらったこと、この王宮には十年前からずっと通い、中庭の手入れをしていることを話した。

「今は、親方が亡くなって……僕一人で親方の残してくれた家に住んで、この中庭の花の世話をしています。ここの花たちは親方といっしょに、ずっと大切に世話をしてきたので……ここにいると今でも親方が隣にいてくれるように感じられるときがあって、うれしいんです」

「そうだったのか……」

マハラジャは頬杖をついたままで、少し切なそうな眼差しになる。

「お前や、お前の親方がそうやって心を込めて毎日世話をしてくれていたから、この庭の花たちはこれほどきれいに咲いているんだな」

彼はミルを見つめて神妙に言った。

「ここに来るようになったのは数日前からだが、これまで、俺はただ花々の美しさに心を奪われるばかりで、その世話をしてくれているお前のような者たちへの感謝の気持ちを忘れていた。これからはここの花を見るたびにお前のことを思い出して、美しい花を咲かせてくれていることに感謝するように心がけよう」

「マハラジャ……」

自分の言葉に頷いている彼に、ミルは視線を揺らした。

なんて真《ま》っ直《す》ぐでやさしい心を持った人なんだろう、とマハラジャを見ながら思う。

(僕のような者にも、感謝って……この人はこの国の王様なのに、少しも偉《えら》そうにしているところがない。すごく謙虚な人なんだ……?)

ぼんやりと灰色の双眸に見惚れていると、マハラジャの手が伸びてくる。

テーブル越しに髪にそっと触れられたミルは、ドキッとした。

「花が、お前の髪に……」

髪についた花をつまんだマハラジャが、桃色の小さなそれをミルの手のひらの上に落とす。

先ほど、花の中木に埋もれるようにして倒れたときについたらしかった。

「あ……」

「……この中庭には、その花が多いな」

ぐるっと庭を見回したマハラジャに、ミルは思わず頭を下げる。

「す、すみません……これ、僕にとって特別な……思い出の花なんです。それで、親方が亡くなって僕一人でここの手入れをするようになってから、木を少し増やして……」

愛らしい桃色の花弁を持つ、手のひらに簡単に収まってしまう小さな花。その花の木はミルの背丈より少し大きな中木に育ち、細い無数の枝を伸ばして多くの花をつける。

緑の葉を茂らせているその木が、中庭の塀に沿うようにしてあちらこちらに植えられていた。

「この花は花をつける時期が長くて、ほとんど一年中、マハラジャにきれいな花を楽しんでいただけるから……という理由もあったんです。でも、少し増やしすぎたかもしれません。もしマハラジャがこの花をあまりお好きでないなら、すぐに他の花と替えます。どうぞお好きな花をなんなりとおっしゃってください」

「いや、その必要はない。そういう意味で言ったんじゃないんだ」

マハラジャが首を横に振って微笑んだ。

「その花は桃色の可愛らしい姿をしていて、とても心が慰められる。俺も昔から好きな花だと言いたかった。植え替えたりしなくていい」

「ありがとうございます」

ホッとして笑顔を返したミルを、マハラジャがうかがうように見つめてくる。

「だが、お前のその花にまつわる『思い出』というのが気になる。その愛らしい花にどんな思い出があるのか、よければそれを話してくれないか？」

「あ……」

ミルの揺れた視線から、マハラジャがすぐに躊躇《ちゅうちょ》を読み取ってしまった。

「秘密なのか？　それなら、無理に話せとは言わないが……」

「いいえ、その……」

ミルはいったん、手のひらの上の花を見つめる。

小さな子供の頃のこの話を他人にするのは、これが初めてだ。自分の中で気持ちを整理して決心をつけたミルは、おずおずと目の前のマハラジャへ視線を上げた。

「あまり楽しい話ではないので、このようなお話をマハラジャにすると、お耳汚しになるんじゃないかと心配なんですが……」

すうと深く息を吸ってから、思い切って続ける。

「実は、この花は、僕の両親の思い出の花なんです」

「お前の両親……？」

「僕は四歳くらいのときに、親方の家の近くにある寺院の前に置いていかれたんです。そのときに、この花を一つ握っていて……」

ミルはどういう表情をして話せばいいか分からず、苦笑を混ぜて話した。

「僕にこの花を握らせた母は『もうお前には、なにも食べ物をあげられない』と言って悲しそうに泣いたあと、寺院の前に立たせた僕の手を離して、父と去っていきました。僕はそれから独りぼっちになって……心細くてお腹《なか》が空《す》いて……でも、いくら泣いても、誰も迎えには来てくれませんでした。結局、僕が門前に捨てられていた寺院が孤児院をやっていたので、僕はそこでしばらくお世話になることになったんです」

どこでどんな暮らしをしていたのか、父母についてはなに一つ覚えていない。けれど、おそらく生活の苦しさから捨てられたのだろう。その日のことだけは鮮明に覚えている。

その夜、手の中にたった一つ残された桃色の花を見つめて、ミルは悲しさに泣きじゃくった。

「半年ほど経《た》ったとき、家が近くてよく孤児院に来ていた庭師の親方が、僕を引き取ってくれることになったんです。自分は独り身だから、庭師の後継者が欲しいって言ってくれて……」

ミルは再び、手のひらの上の花を見つめる。

「僕は父母がどこの誰かということも、今、どこかで生きているのか、死んでいるのかさえも分かりません。この花だけが、両親とのたった一つの思い出なんです」

「……」

ミルが話すのを黙って聞いていたマハラジャが、切なそうに目を細めてミルを見た。

「……親方は、お前にその花の花言葉を教えてくれたか？」

「花言葉……？　いいえ」

ミルが親方から教わったのは、花や木の世話の仕方だけだった。

「親方は、花言葉とかにはあまり関心がなかったみたいで……他の花についても花言葉がどうとかいう話は、ほとんどしたことがありませんでした。それに、僕も両親に捨てられたときにこの花を持っていたことを、親方に話していなかったので……」

「そうか」

ミルの言葉に頷いたマハラジャが、やわらかな声で語る。

「俺は昔からその花が好きで、周りの者にその花について詳しく訊《き》いたことがある。そのときに知ったんだが、その花の花言葉は『永遠の幸せ』というんだ」

「永遠の……幸せ……？」

「その花を庭に植えたりそばに置いたりしている者は、必ず幸せになれるという。そういう言い伝えのある花だそうだ」

彼は丁寧な口調で、やさしく言った。

「お前の両親は……お前を置いていきたくて置いていったんじゃないだろう。お前を寺院の前に置いていくときも、お前に、食べ物や金や……なにか、お前が命を繋《つな》ぐのに必要なものを与えたかったが、それができなくて……きっと辛い思いをしていたんだと思う。なにもしてやれないけれど、ただ、お前への愛だけは深くて……せめて、少しでもお前にこれから先、幸福が訪れてくれるようにと、『永遠の幸せ』という花言葉を持つその花を握らせたに違いない」

「あ……」

彼の言わんとするところが分かったミルは、視線を大きく揺らした。

マハラジャがそんなミルの目を見つめ、微笑んで神妙に頷く。

「お前の両親は、お前をとても愛していたんだ。たとえもう二度と会えなくなると分かっていても、それでも……お前の人生が少しでも多くの幸せに包まれているように、と親としてそう願わずにはいられなかったんだろう」

「マハラジャ……」

彼の微笑みに、キュッと胸が締めつけられた。

自分のことを慰めようとしてくれているのだと分かったミルは、思わず泣きそうになり、膝の上で拳《こぶし》をギュッと握って涙をこらえる。

（マハラジャ……マハラジャは謙虚な方であるだけじゃない。すごく温かくて、やさしい……）

眉を歪《ゆが》めたミルは、心がじんわりと温かなもので満たされていくのを感じた。

マハラジャはミルの方を見ず、泣きそうになっているのも気づかないふりをして言葉を繋ぐ。

「お前が親方にさえ言わなかったというその花のことを話してくれたから、俺も自分の秘密を一つお前に教えよう」

「……？」

「実は、この中庭は、小さい頃からずっと俺の憧れの場所だったんだ」

美しい花で溢れた中庭を見回したマハラジャが、しみじみと言う。

「この中庭は、マハラジャしか入れなくて……王子の俺でも入れてもらえなかった。小さな頃はこの庭の中がどんなふうになっているのか、とても知りたくて……父上の後継者になりたい、そうすればこの庭に入れると思って、文武共に身につけるよう努力してきた。だから、こうして晴れてマハラジャになってこの中庭に入ることができて、とてもうれしい」

前王には、王子はラシュ一人しかいない。

だが、後継者として選ばれるためには、他の王族よりも自分が明らかに優れていると周りに知らしめなければならず、そのために夜も眠らずに努力した日々もあるという。

「この庭に憧れていたのには、マハラジャしか入れない、ということ以外にもう一つ理由があった。この中庭はもともと、古い建国の時代に生きていたマハラジャが、心から愛した妃のために造らせたものだ。その由来については、お前ももしかしたら知っているかもしれないが……」

「あ、はい。そのことは親方から聞いたことがあります」

ミルが涙を引っ込めて頷くと、マハラジャが大きく頷いた。

「そのマハラジャと妃はとても愛し合っていて、皆がうらやむくらいに仲がよく、この中庭をよく散歩して生涯添い遂げたということだ。俺は……その話を聞いたとき、とてもうらやましかった。自分は将来、一国を背負う立場になって忙しくなるだろうが……それでも、そのマハラジャのように心から愛する相手を見つけて、生涯添い遂げたいと思った。だから、小さな頃からずっと、愛し合っていた二人が歩いたという、この中庭に入ってみたかった」

彼は夢見るように語ったあと、テーブルの向こう側で微笑む。

「いい大人の俺が……しかもマハラジャという立場にありながら、愛するたった一人の相手を見つけることが夢だなんて、おかしいだろうか？」

「……い、いいえ」

ミルは必死に首を横に振った。

「マハラジャが……そんなふうにこの中庭に特別の思い入れがあられることは、とても素敵だと思います。僕が世話をさせていただいている庭を愛してくださっているのだと思うと、すごくうれしいです」

「……そうやって、昔のマハラジャの恋物語がいつも頭にあったからかな。可愛らしいお前のことが、花の精のように見えてしまったのは」

じっと美しい灰色の目で包み込むように見つめられたミルは、ドキリとした。

自分の中でなにかが熱く沸き立つようで、頬に血が集まってくる。

「そんな……僕は、とても花の精なんて思ってもらえるような者じゃないです。マハラジャの方が、すごくきれいです。金色の髪が日の光に透けて、絹糸みたいで。それから、目の色も……まるで瞳の中に淡い光が灯《とも》っているようで、すごく高貴な感じがします」

「ミル……」

面食らったようにわずかに目を見張ったマハラジャが、頬を緩《ゆる》めて上品に笑う。

「お前が、俺のこの髪や目の色を嫌わなくてよかった」

「あ、す、すみません、僕、ぶしつけなことを言って……」

ハッと我に返ったミルに、マハラジャは首を横に振る。

「ぶしつけなんかじゃない。皆、俺に初めて会うと、南国の者らしくないこの髪と瞳から、目を逸《そ》らそうとする。その話題には触れずに避けようとするのに、お前はそうやって真っ直ぐに褒《ほ》めてくれて……なんだか、とてもうれしい」

マハラジャはミルをやさしく見つめたあと、王宮の五階建ての建物へ視線を遣る。

「お前とここでもっと話していたいが、俺はそろそろ部屋に戻らなければならない。……ところで、俺はお前のことをとても気に入ってしまった。これからも、俺がここに来たら、姿を隠さないでいろいろと話をしてくれないか？」

「これから……も？」

「またお前に会いたい。お前のことをもっと知りたいんだ」

甘い眼差しで見つめられたミルは、困惑に眉尻を落とした。

「え、で、でも……」

「……そうだ、いいことを思いついた」

ミルの躊躇を断ち切るように、マハラジャが言う。

「俺は次期マハラジャの指名を受けたら、一度、下町の方を見に行きたいと思っていた。お前はさっき、親方の残してくれた家に一人で住んでいると言っていたな？　どうだ、俺をお前のその家へ連れて行ってくれないか？」

「えっ⁉　ぼ、僕の家へっ⁉」

目を見張って椅子の上で仰《の》け反りそうになったミルに、マハラジャがしっかりと深く頷いた。

「そうだ。明日の夕方でどうだ？」

「で、でも、僕の家は小さくて、あまりきれいじゃなくて……それに、本当にゴチャゴチャした下町の中にあって……とても、マハラジャがいらっしゃるようなところじゃありません」

「そんなことは構わない」

彼は朗《ほが》らかに目を細めて笑う。

「俺はこれから、この国がよりよくなるように治めていく。本当に飾らない、皆の普段の暮らしというのを常に見るようにしたいんだ。だから、お前の家へ連れて行ってくれ」

明日の夕方、ミルの仕事が終わる頃に側近のカッサムという男を迎えに寄越《よこ》す。

使用人が使うこの中庭への入り口の外で待っていてくれ、とマハラジャは言った。

「いいな、約束だぞ」

そう言って立ち上がった彼に釣られるようにして、ミルも思わず勢いよく椅子を立つ。

「あの、でも、マハラジャ……っ！」

「それじゃ、また明日会おう」

少し悪戯っぽい笑みを残したマハラジャが、踵を返して立ち去っていく。

彼の広い背中を、ミルは休憩所のテーブルに手をついたままで呆然と見送った。

2. マハラジャの口づけ

翌日、仕事を終えたミルは、中庭への出入り口の前で迎えを待った。

中庭への使用人用の出入り口は、マハラジャのものとは遠く離れている。厨房《ちゅうぼう》や使用人たちの休憩所が集まっている、王宮の隅の一角にある。

いつもなら、その扉を出たらすぐに王宮を出て行くのに。

ミルが一階の廊下に面した扉の近くにずっと立っていると、不審者が中庭へ入らないか見張っている守衛二人が、扉の前から話しかけてくる。

「おい、ミル、どうしたんだ？　そこでなにをやっている？」

「え、あの……」

マハラジャと出かけることは内緒だ。彼に言われてここで待っている、とは言えなかった。

「ちょっと、人を待っていて……」

「人？　お前、俺たち以外に、ここにそんなに知った人間なんていないはずだろう？」

守衛たちが首を傾げたそのとき、長い廊下の向こうから一人の男が歩いて来た。

すらりと背の高い彼は、ターバンの下から黒髪を首の半ばほどまで垂らしている。マハラジャほど立派なものではないけれど、立ち襟のかっちりとした上等な絹服をまとっていた。

「あ、カッサム様……？」

長い上着の裾《すそ》を翻《ひるがえ》して歩いて来た男に、守衛たちが驚きの声を上げる。

「いかがされたのですか？　このような使用人しか来ないようなところへ、マハラジャの側近のカッサム様がいらっしゃるなんて……」

「ちょっと、ある者を迎えに来た」

二十代半ばほどの、マハラジャと同じくらいの年齢の男性。

眉がきりっとして、黒髪のかかる目元が涼しげなカッサムは、鼻筋の通った端整な顔立ちをしている。マハラジャの側近らしく腰に剣を差し、武術に優れていそうな立派な体格をしていながら、知的な雰囲気もまとっていた。

彼はその黒い切れ長の目で、ミルをじっと見つめた。

「お前が庭師の『ミル』か……？」

「はい。あの……カッサム様ですか？」

ミルは彼を前にして、おずおずと上目遣いになる。

カッサムは自分の顎をつかんでミルを見下ろし、興味深そうに片方の眉を上げた。

「ふむふむ、なるほど……あの方が言っていらしたとおりの外見だな。黒い大きな目に、黒髪で日に焼けた肌をしている。十五歳だったか？　それにしては、少し痩《や》せ気味か」

守衛たちに聞こえないようブツブツと小声で言い、ミルを上から下までじっくりと眺めた。

「ふむ、まあ悪くはないが……しかし、あの方がおっしゃっていらしたような『花の精』と例えるには、いささか苦しい容姿だ。どうしてもなにかに例えなければならないとしたら、ギリギリ……草の精か、土の精か……せいぜいその辺りのものが妥当だろう」

うんうん、と自分の言葉に頷いたカッサムは、顎で自分が先ほど歩いてきた後方をしゃくってミルをそちらへ促す。

「よし。ミルとかいったな、こっちへ来い」

ミルと歩き始めようとした彼は、一度振り返って守衛たちに釘を刺した。

「お前たち、分かっているとは思うが……私が今日ここへこいつを迎えに来たことは、誰にも話してはならないぞ。話していいのは、私が許可を与えたときだけだ。いいな？」

「は、はい、分かりました……」

顔を見合わせる守衛たちを残し、カッサムは歩き始める。

ミルはあわてて彼のあとについて行った。

カッサムは、マハラジャの住居がある方へと建物の中を進んでいく。

自分のような者が、こんなところに入ってもいいのだろうか。白い大理石敷きの廊下には大きく優美なシャンデリアが下がり、窓にかかるカーテンも凝《こ》った刺繍《ししゅう》入りのもので……進んでいくにつれてどんどんと豪華なものに変わっていく内装を見ながら、ミルは不安になった。

擦れ違う者たちは、誰もミルを咎《とが》めようとしない。

見かけない顔だと思うのか、チラリと一瞥《いちべつ》されることはある。だが、マハラジャの側近であるカッサムが同行しているということで、怪しまれないようだった。

「ここで少し待ってもらうことになる」

一階のとある部屋の前でカッサムが立ち止まり、彼はそこの中にミルを連れて入った。

「この奥の続きになっている部屋に、マハラジャがいらっしゃる。先ほどお忍びで出かけるために上の部屋から降りて来られたときに、ちょっと来客があった。その客人と、今、少しお話をされている。私がお呼びしてくるから、お前は客人に姿を見られたりしないよう、そこの衝立《ついたて》の後ろに隠れていろ」

「はい……」

小声で言う彼に、ミルはコクリと頷く。

椅子とテーブルが置かれただけの、小さめの控えの間。ミルが椅子の後ろにある木彫りの衝立に身を隠すと、カッサムは部屋の奥についている扉をノックする。

「お話し中のところ、失礼いたします」

そう言って中に入っていく彼は、扉を開けたままにしていった。

ミルはいけないと思いつつも、衝立の端からそっと覗いてみる。

奥はミルのいる部屋よりもずっと広かった。その中央に、マハラジャが茶色い髪の男と向き合ってなにか話しているのが見える。

「マハラジャ、ご用意ができました」

「ああ、分かった」

カッサムに答えるマハラジャの声が、耳を澄ますとかすかに聞こえた。

「すまないが、今日はここまでだ。これから、ちょっと外せない用事がある。その話はまた後日ということでいいだろうか?」

やんわりと退室を促したマハラジャに、茶色の髪の男が必死に食い下がる。

「……それで、あの土地をくれるのか? くれないのか? どっちなんだ? 話はまた後日でもいいが、そこのところははっきり聞いておきたい」

「だから、その件は今すぐ決めるわけにはいかないんだ」

マハラジャはため息混じりに返した。

「あの土地はとても重要だから、俺の一存で決めるわけにはいかない。皆の意見も聞かないと」

「ふん、今日はもういい。面倒な奴だな」

チッと大きく舌打ちした男は、身体つきや声の調子からマハラジャと同じ年くらいに思えた。

顔立ちは上品で華がある感じだが、とてもマハラジャに対するものとは思えないその失礼な態度に、ミルは驚いた。

(誰だろう? マハラジャにあんな態度を取るなんて……)

茶色の髪の男は、最後に偉そうに腰に手を当てて言う。

「とにかく、家臣たちがなにを言おうと、北のあの土地は俺にくれるように推してくれ。お前はマハラジャになるんだ、そのくらいはできるだろう?」

「……」

「分かったな? また来るから、そのときまでに手配しておいてくれよ?」

強引な口調で言った男が、奥の部屋を出てこちらへ来る。

あわてて衝立の後ろに頭を引っ込めたミルの前を、彼は早足で通り過ぎて部屋を出て行った。続けて、奥の部屋からマハラジャとカッサムがやって来る。

「ミル、来たな」

衝立の後ろから出て行くとすぐにマハラジャの笑顔にぶつかり、ミルはドキリとした。

「は、はい……」

「待たせて悪かったな。出発前に面倒な相手につかまってしまった」

苦笑したマハラジャに、カッサムが臣下らしく丁寧な口調で、心配そうに問う。

「ダリー様はずいぶんイラついているご様子でしたね。また、北のあの土地のことで来られていたのですか?」

「ダリーは、どうしてもあの土地を自分の領地にしたいらしい」

マハラジャが、肩で盛大なため息を吐いた。

「あの北の土地の管理者を替えるという話が出てから、もう一ヵ月ほど、ずっとああやって押しかけてきている。あの土地には大河が通っていて、肥沃で作物の実りもいい。その分、税の徴収も多く期待できる。だから、他の者には渡したくないんだろう」

「しかし、あそこは北の隣国と接していて、軍事の要《かなめ》となる重要な土地です。どなたの手に託すかということは、慎重に決めないと……」

カッサムの言葉に、マハラジャが神妙に頷く。

「そのとおりだ。国の安全に関わってくるから、重臣たちの意見も取り入れて管理者は慎重に決めなければならない。正直なところ……いくら王家に近い血筋だからといって、金儲《かねもう》けしか考えていないようなダリーには、あの土地は任せたくない」

「……」

「全く……ダリーの家は、この国でも一、二を争うほどの富豪だというのに。もう充分豊かに暮らしているのに、あれ以上、いったいなにを望むというのか」

ミルには詳しい事情までは分からなかったが、どうやら、北の豊かな土地の管理者を誰にするかということで、少し揉《も》めているらしい。

(ダリー……ダリー様……って、そうだ、マハラジャの従兄弟《いとこ》の？　確かマハラジャのお父さんの妹がお嫁に行って、そこで生まれた人だ……)

前マハラジャの妹で、マハラジャにとっては叔母にあたる人物が、若い頃、家臣筋に嫁いだ。その家というのが、家柄はそう立派でもないのだが、とにかく金儲けが上手《うま》く、国でも王家に次ぐ財力を有していると評判だったと、生前の親方から聞いたことがある。

(でも、お金持ちなのにお金にすごく執着していて……領地の住民も苦しんでいるから、あまり評判はよくないって……)

先ほど見たダリーという人物は、確かに容姿はお坊ちゃん風で華やかではあったが、少し品性に欠けているところがあった。

短気で、自分の考えをなんとしても通そうと他人を脅《おど》すように威嚇《いかく》する。

ダリーの性格は、穏やかな従兄弟のマハラジャとはあまり似ていないように思えた。

「それじゃ、さっそく出かけるとするか」

一転して楽しそうに微笑んだマハラジャが、部屋の外へとミルを促す。

マハラジャは王宮の人間たちに外出を知られないよう、頭に大きな布をすっぽりと巻いて髪と顔を隠した。

正面の門から少し入ったところにある建物の陰に、カッサムが馬車を用意しているという。

そこまで身を隠すようにしながら小走りに駆けて行き、黒塗りのそれに三人で乗り込んだ。カッサムが御者《ぎょしゃ》に指示を出し、さっそく王宮を出て下町の方へ向かった。

馬車は目立たないよう、小さく質素なものにした、とカッサムは言う。

けれど、庶民には一生縁のない乗り物だ。町の中ではどうしても目立つだろうし、ミルには内装も大貴族用の贅沢《ぜいたく》なものにしか感じられなかった。

揺れる馬車で町へ近づいていくにつれ、ミルは不安になってくる。

「あの……今更ですけど、万が一、町でマハラジャになにかあったら、僕はどうすればいいのか分かりません。やはり危険だと思いますし、このようなことはやめた方が……」

「大丈夫だ、カッサムもついてきたからな」

顔に巻いた布を解きながら、マハラジャがミルの隣のカッサムを見る。

「私が同行するのは当たり前です、マハラジャを一人で町になど行かせられません」

カッサムが口を結び、難しそうな顔をして首を横に振った。

「身の安全も心配ですが、王宮に出入りしている庭師の家に遊びに行くなどと……そのように面白そうなことを、あなた一人で楽しむのはズルイです。町で自由に振る舞って帰ってきたあなたにそのことを自慢されると悔しいので、私も同行させていただくことにいたしました」

「全く、なんでも面白がる。お前はとてもマハラジャの側近とは思えないな」

座席の上で足を組んだマハラジャに呆《あき》れ顔をされ、カッサムはにっこりと笑顔を見せる。

「お互い様です。あなたも、とてもマハラジャとは思えませんから」

「なあ、ミル。こんなカッサムがあの堅物のゴアの息子だとは、お前も信じられないだろう？」

話を向けられたミルは、全身をビクッと緊張させた。

「え……カッサム様はゴア様の息子さん……なんですか？」

カッサムはサバサバとした滑らかな口調で、笑顔も爽《さわ》やかで人あたりがよい。

いつもムスッと口を結んでいて真面目一辺倒に見えるゴアの息子だとは、確かにすぐには信じられなかった。

「お前のことは父から聞いて知っているぞ」

カッサムがミルの隣から、ずい、と身を乗り出してくる。

「お前がその手で世話をすると、他の者がするよりも草木や花がよく育つと言われているらしいな。きっとそのこともあって、父はお前に中庭の手入れを任せることにしたんだろう」

カッサムは、うんうん、と自分の言葉に何度も頷いてから、マハラジャの方へ顔を上げた。

「とにかく、この者の家へ……下町へ出かけるのは楽しみですね。皆の目を盗んで出かける、というところが、また、たまらなくいいのです」

「そうだろう？　お前が協力してくれたおかげで、王宮を抜け出しやすかった」

二人によれば、マハラジャには今夜、戴冠式の衣装合わせなどの仕事が二件ほど入っていた。だが、カッサムがそれを調整し、明日の早朝にその仕事を片付けられるよう手配したという。

カッサムの頭が切れることは、聡明そうな顔を見ただけで分かる。

彼はきっと能力的にはマハラジャの側近として適任なのだろう。しかし、マハラジャのお忍びでの外出を許し、しかもそれに面白がって便乗するような彼が、性格的に側近として相応しいかどうかははなはだ疑問だった。

「子供の頃のことを……五歳のときのことを覚えていらっしゃいますか？　あなたと二人、大人たちに黙って王宮を抜け出し……町で迷子になったことがありました。私は父にこっぴどく怒られて、マハラジャの側近候補からも外されそうになりましたが……あなたがとりなしてくれたおかげで、どうにか今もこうして王宮で働いています」

「あのときは傑作《けっさく》だったな。夜になって心細くなって、二人して町の広場でワンワン泣いているところをゴアに見つけられて……」

マハラジャは当時を思い出しているのか、楽しそうに目を細める。

「まさか、あなたがマハラジャになられてからも、こうしてお忍びで出かけることがあるとは思っていませんでした。あなたは変わっていませんね、あの頃から」

「お前もな」

カッサムの笑顔に、マハラジャも男らしい微笑みを返した。

「あのときも、俺が王宮の外に出たいと言ったら、面白そうだからお供します、と言って、ついてきたんだ。今日のようにな」

「そうでしたか？」

ミルは声を上げて笑う二人を、ぼんやりと見つめていた。

（マハラジャは、心からこのカッサム様のことを信頼しているみたいだ。子供の頃から親しいみたいだし、王様と臣下っていうより親友みたいな関係なのかな……）

二人の間に割り込めないものを感じて、なんだか少し寂しいような気分になったとき、馬車が下町の中に入ったことを知らせる御者の声がした。


ミルは自宅前の路地で、ここです、と御者に声をかけて馬車を停めてもらった。

煉瓦《れんが》造りの平屋がひしめき合い、家の外には洗濯物が紐《ひも》にかけられてはためいている。

ここは町の中心で、特に低所得の者たちが集まって住んでいるところだ。

治安は夜以外ならばそう悪くはないが、貧しい地域には違いない。

そこに、小さいとはいえ一部の金持ちか貴族しか乗らないような馬車が横づけされたのだ。

道行く者たちにジロジロと注目され、中にはわざわざ家から出て、見物にやって来る住民までいた。馬車を降りるなり、ミルたちは彼らに遠巻きに囲まれてしまった。

「あ、あの、こちらです」

ミルはすぐに、顔を再び布で隠した二人を家の中へ促そうとした。

だが、二軒隣にある寺院の前から、路地で遊んでいた小さな子供たちがいつものように駆けてくる。笑顔の彼らは、あっという間にマハラジャとカッサム、そしてミルを取り囲んだ。

「ミルー」

「お帰りなさい、今日もお仕事、大変だった？」

ミルの服を引っ張る子供たちは、マハラジャの馬車にも興味津々《しんしん》という目で近づいていく。

「わあ、すごい、馬車だ」

「お馬さんがいるよ、可愛いー」

「ねえねえ、お客さん？　誰なの？　どこから来た人？」

彼らは馬の腹に手を伸ばして撫でたり、マハラジャとカッサムを見上げて訊《たず》ねたりしている。

「こ、こら、お前たち……」

ミルが足元にまとわりつく彼らをなんとか引き剝《は》がしていると、寺院の前から、騒ぎに気づいた中年の女性がすっ飛んで来た。

「す、すみません、ご迷惑を……」

長い髪を後ろで縛っている女性は、寺院に併設された孤児院で子供たちの世話をしている。

ムファリという名の彼女は、建物の中で夕飯の支度でもしていたのだろう。

子供たちが寺院の前からいなくなったことに気づいて、あわててやって来たという様子で、マハラジャたちに頭を下げた。

「子供たちが、なにかご無礼なことをしませんでしたでしょうか？」

「いや、大丈夫だ。皆、元気でいいな」

マハラジャは顔に巻いた布の陰で嫌な顔一つせず、子供たちの頭を撫でてやっている。

ムファリは、昔は貴族の屋敷で働いていたこともある女性だ。服装やちょっとした物腰から、マハラジャたちがただならぬ身分の者だと気づいたようで、子供たちを寺院に戻らせた。

子供たちが寺院の方へ去って行くのを見ていたマハラジャが、ミルの方を見る。

「あの子供たちは、親が帰って来るまで寺院で預かっているのか？」

「あ……いえ、あの子たちは、あの寺院に住んでいて……」

「寺院に住んでいる？」

マハラジャは意味が分からないというように瞬《まばた》きをした。

ミルは周りに子供が残っていないのを確認してから、小声で説明を加える。

「昨日お話ししたかと思いますけど……あの寺院は、僕も昔、お世話になったところで……敷地内に孤児院があるんです。誰も世話する者がいない子供たちを集めて、食事を与えたり保護したりしています。この辺りは、最近、人買いが多くて。子供が一人でいると、さらわれて消えてしまうこともあるんです。そんなことにならないように、子供たちが自分の力で生きていけるようになるまで世話をしているんです」

「そうか、孤児院があの寺院の中に……」

「僕は今でも時々あの寺院に、子供たちの遊び相手をしに行ったりしているので。それで、子供たちがああやってよく懐いてくれているんです」

視線を揺らしているマハラジャに、ミルはムファリを紹介した。

「こちらは、あの寺院で子供たちの世話をしているムファリさんです。僕も小さな頃、親方に引き取られる前は、ムファリさんに半年くらいですけどお世話になっていて……それからもよく会っているので、もう家族みたいなものなんです」

軽く会釈《えしゃく》をしたムファリに、今度はマハラジャとカッサムがどういう人間かを説明する。

「ムファリさん、こちらは……僕を雇ってくださっている、王宮の方々なんだ」

「え？　そ、そうなの？　王宮の方？」

ムファリは目を見張り、もう一度頭を下げた。

「そうとは知らず、ご無礼を……いつも、ミルがお世話になっております」

「いや、世話になっているのはこちらの方だ。ミルがよく働いてくれているから、王宮の中庭では、今日も美しく花々が咲き誇っている」

マハラジャの言葉に、ムファリは笑顔で返す。

「そうなんです、寺院内の木や花も、この子に手入れをしてもらうと、とても元気になるんです。それに、この子は、とてもやさしい子なんです。休みの日には、よく子供たちの遊び相手をしてくれたり、私たちの仕事を手伝ったりしてくれますし……王宮からいただいているお給金の大半を、寺院に寄付してくれています」

「給金を……？」

「ええ、毎月。お給金のほとんどを寄付してくれているようなもので、そうしなければこの子もっといい家に引っ越したり、美味しいものを食べたりできるのに……でも、そのおかげで、子供たちはとても助かっているんです」

「ムファリさん、その話は……」

ミルが目でそれ以上は話さないように頼んだけれど、ムファリは話をやめなかった。

「いいじゃないの。あなたが働いている王宮の方たちに、あなたがどれだけ素晴らしい子なのかということを、ちゃんと知っておいてもらいたいのよ」

「そう思ってくれるのはうれしいけど……あ、あの、どうぞ、カッサム様たち、こちらへ……」

ミルはマハラジャとカッサムを促し、路地沿いの自宅のドアを開けた。

煉瓦造りの平屋の家は、入ってすぐに居間がある。隅に小さな竈《かまど》と炊事場があり、窓のそばには、食事をするための二人掛けのテーブルセットが置かれていた。

奥の部屋には寝台が二つあり、庭師の親方と暮らしていた頃は、一方をミルが使わせてもらっていた。今も、ミルはその部屋で寝ている。

「……汚いところですが、どうぞ」

ミルは昨夜、本当にマハラジャが来るのだろうかと半信半疑ながらも、いちおう夜遅くまでかけて、掃除をしておいた。

けれど、古い家だし、もともとの造りもそう立派ではない。きれいになるのにも限界がある。

今日、少しだけ目にすることができた、マハラジャや王族が暮らしている王宮の一角。煌《きら》びやかな内装を思い出すと、その違いに恥ずかしくなってしまうくらいだ。

マハラジャにテーブルセットの椅子に座ってもらったが、彼の高価で美しい絹服を汚してしまうのじゃないかと思い、気が休まらなかった。

「なるほど、これがお前の家か。ふむ、小さいけれどなかなか機能的にできている」

顔を隠していた布を取ったカッサムが動き回り、隣の部屋のドアを開けて覗いたりしている。

同じように布を外したマハラジャが、注意の声を飛ばした。

「おい……カッサム、あまりミルの許可なくいろいろなところを見るなよ。失礼だぞ」

「分かっています。ざっと眺めたいだけですから……おい、こっちの部屋も見ていいか?」

「は、はい、どうぞ」

ミルが頷くと、カッサムが寝室の方へ入っていく。

居間にマハラジャと二人きりになったミルは、彼の方を気にしつつ竈で湯を沸かした。

普段は紅茶なんて高価なものは口にしない。だが、マハラジャが来るならと思って、昨日帰って来てすぐに出かけ、市場へ行って少量だけ買い求めておいた。

マハラジャの口に直接入るものを用意する。

そうすることさえ、身分差を考えると自分に相応しくない気がしてドキドキした。

「あの……ど、どうぞ」

カッサムの分と合わせてカップを二つ、おずおずとテーブルの上に差し出す。

マハラジャは中身を一口飲んだあと、じっと黙り込んでしまった。

「……お口に合いませんでしたか？」

「ああ……いや、これは美味《うま》い」

ミルの言葉で彼はハッと我に返ったようだった。

「ちょっと、しみじみと感心していたんだ。お前というのは本当にやさしいんだな。あの寺院に暮らす子供たちのために、給金の大半を寄付しているなんて……」

「そんな……大したことじゃないんです」

マハラジャに見つめられて、ミルは彼の前に立ったままで首を横に振る。

「親方も生前は、王宮からいただくお給金の大半をあの寺院の子供たちのために寄付していました。僕はそれを引き継いで同じことをしているだけです」

「だが、さっきの女性が言っていたように、王宮からの給金を全て自分で使えば……今よりもかなりいい暮らしができるだろう？」

「……僕が大きくてきれいな家に住むなんて、ただの分不相応な贅沢だと思います。今のこの家で、なにも不自由なく暮らしていけるんですから」

ミルは自分の言葉に頷きつつ話した。

「僕は……王宮でお仕事をさせてもらえて、大好きな花たちの世話ができて、それで毎日ご飯を食べられればそれでいいんです。どうせ僕一人で暮らしていますし、今よりずっといい暮らしをしても、あまりうれしくありません。そんなことより、あの寺院の子供たちがお腹を空かしたりせず、なんの不安もなく暮らしている姿を見る方がうれしいですから」

「お前というのは、本当に立派だ……」

マハラジャの呟《つぶや》きに、ミルはまた首を大きく横に振る。

「いいえ、当然のことをしているだけです。僕が今あるのは、皆の厚意に支えられていたからなので……今度は僕が、昔の僕と同じような立場にある子供たちに、できるだけのことをして、そのときに受けた恩を返していく番だと思っています。それに、僕や他の人たちが寄付しているお金だけじゃ、子供たちが食べて生活していくだけでせいいっぱいなんです。病気になったときとか、高いお金のかかるお医者様に診《み》てもらうことがなかなかできなくて、子供たちは大変な思いをすることがあるんです」

「そうなのか……」

神妙に話を聞いているマハラジャの肩の向こうに、煉瓦が崩れかけている窓が見えた。

家の傷みをマハラジャに見られなければいいと思い、ミルは少し頬を染める。

「ただ……僕はこの家に暮らしていて充分だと思っているんですが、マハラジャのような方に入っていただくのは、ちょっと恥ずかしいです。ここは王宮とはまるで違って、古くて汚くて……あちこち傷んでいますから」

「……お前はなにも恥じることはない」

マハラジャがきっぱりと言った。

「お前は給金の大半をあの寺院に寄付していて……そういう立派なことをしているから、家の傷みさえも直さずにいるんだろう？　それのなにを恥じることがある？　俺はお前をすっかり尊敬してしまった。だから、その俺のためにも、この家に住んでいる自分のことを恥ずかしいなんて言うのはやめてくれ」

「そんな……僕がマハラジャに、尊敬していただくなんて……」

ミルは驚いて目を見張り否定しようとしたが、マハラジャは首を横に振る。

「そうやって立派な行いをしているだけじゃなく、王宮では美しい花々を咲かせて、俺の心を慰めてくれている。お前は……どこにいても他人を思い遣ってその心を癒す、そういう人間なのかもしれない。そのことをもっと誇りに思っていいだろう」

「誇りに……」

これまで思ったこともなかったことを言われて、恐れ多いと思うと同時に、心がなにか温かなものにふわりと撫でられるような気がした。

(自分のことを誇りに……って、そんなこと、今まで一度も思ったことがなかった。両親にあの寺院に置いていかれていたことが、いつも心の片隅にあって……それで、いつも、自分はそんなに価値のある人間じゃないような気がしていて……)

両親が自分を捨てたのは、貧しさから仕方のないことだった。

そう分かっていても、自分は実の親にも捨てられるような人間だという意識が常に心のどこかにあって、自分という存在に自信が持てないところがあった。

(でも、マハラジャにこうしてやさしく言ってもらえると、僕も自分を誇りに思ってもいい、ちょっとは価値のある人間なのかなって思える。マハラジャは昨日も、僕があの『永遠の幸せ』っ

ていう花言葉の花を握らされていたから、両親から愛されていたんだ、って言ってくれて……すごくやさしい方なんだ）

ミルはうれしい気持ちのままに言う。

「ありがとうございます。マハラジャに、そんなふうに言ってもらえるなんて……」

ミルの微笑みに、マハラジャが目を細めた。

「それにしても、安心したぞ。お前は一人じゃなかったんだな」

「え……？」

テーブルの前で瞬きをしたミルを、マハラジャはカップを口に運びながら見上げてくる。

「昨日、中庭で話をしたときに、お前が、庭師の親方が亡くなって今は町の家に一人で暮らしていると言っていたから。それで寂しくないのか……とちょっと心配になっていたんだ。だが、さっきのようにああやって毎日、笑顔の子供たちに帰宅を迎えられているのなら、なかなか賑《にぎ》やかだろう。お前が一人じゃないと分かって、俺は安心した」

「マハラジャ……」

身分の低い使用人の自分のことを、そんなふうに気にかけてくれていたなんて。

彼の思い遣りにミルがジンと心を震わせていると、隣の部屋からカッサムが出て来た。彼はマハラジャの手にしているカップに目を留める。

「あ、お茶を飲まれているのですか？　ミル、私の分もあるだろうか？」

催促《さいそく》されたミルは、踵を返して竈の方へと向かう。

「ご用意していたんですが冷めてしまったので、すぐにカッサム様の分を淹れ直します。マハラジャも、よろしければ、もう一杯いかがですか？」

「ああ、頼もうか」

頷いたマハラジャの前の席に、カッサムがテーブルを挟んで座る。

「ところで、今までミルとなんの話をしていたのです？」

「なんでもない」

マハラジャが笑って首を横に振ると、カッサムは片方の眉を上げた。

「……意地悪ですね。私には教えてくださらないのですか？」

「そうだ、お前には教えてやらない。ここで話したことは、俺とミルだけの秘密だ」

「そんなふうに言われたら、気になるじゃないですか」

不満そうに口を結ぶカッサムを尻目に、竈の前にいるミルはマハラジャと微笑み合った。

一番信頼しているらしい側近のカッサムに、マハラジャが自分との会話の内容をなにも話さないでいてくれた。そのことが、なんだか、たまらなくうれしかった。


その後、町が夜の闇にすっかり包まれた頃、ミルは布で顔をすっぽりと覆ったマハラジャを家の外まで送った。

カッサムが開けた馬車の扉の前で、彼と向かい合う。

「あの……っ」

「……ん？」

マハラジャに不審そうに見つめられたミルは、せいいっぱいの勇気を振り絞って言った。

「僕は……その……あなたのことを、とても立派な人だと思います。僕のような身分の者のことも気にかけて、やさしく接してくださって……ありがとうございます。あなたは広い心を持ったやさしい方だというのが、今日はよく分かりました」

ミルはマハラジャという単語を口にしないよう気をつけて、頬を染めつつ続ける。

「あ、もちろん、昨日お話をしてから、あなたがそういう方だっていうのは感じていたんですけど、今日はますますそれがよく分かった、ということです。それで、そんなあなたがこれからこの国を治めてくださることが、うれしくて……」

マハラジャを敬愛している。その自分の気持ちを素直にさらして伝えたい。

そう思っているのに、それを伝えようとすればするほど、なんだか的外れなことを口にしているみたいに感じられ、もどかしかった。

「つまり、その……」

ミルはマハラジャの灰色の目を、心からの親愛の気持ちを込めて見上げる。

「あなたのことを、僕はすごく……すごく、好きになりました」

「ミル……」

マハラジャの目がふっと細まり、彼が布の下でうれしそうに微笑むのが分かった。

マハラジャはふわりとその顔を隠していた布を解き、一方の手に持つ。

もう一方の手をすっとミルの肩に手をかけると、静かに顔を近づけてきた。

「……俺の方こそ、もうとっくにお前に夢中だ」

「っ!!」

灰色の美しい目が間近に迫ったと思ったら、やわらかで温かなものが素早く唇に触れる。

マハラジャの唇だと分かったミルは、大きく目を見張った。

「あ……っ？」

二歩ほど後ずさって彼から離れると、馬車の脇に立つカッサムが扉を片手で開けたまま、ミルと同じくらい呆然としてマハラジャを見つめる。

「い、今のは……」

「帰るぞ、カッサム」

マハラジャはカッサムを遮って言うと、最後にもう一度ミルを振り返って微笑んでから、再び布で素早く顔を隠した。

「また明日。王宮の中庭で会おう」

馬車に乗り込んだマハラジャのあとにカッサムが続き、扉が閉められる。

煉瓦造りの家が立ち並ぶ下町の中を馬車が去って行くのを、頬を染めたミルは呆然と見送った。

3. 甘い密会

翌朝起きたミルは、寝台の上でしばらくの間、ぼうっとしていた。

昨夜寝るときも何度もしたように、自分の唇に触れたマハラジャの唇のやわらかな感触を、ぼんやりと思い出してみる。

唇に指先でそっと触れると、そこはまだ熱く痺《しび》れているように感じられた。

(あの口づけは……なんだったんだろう。マハラジャは、どういうつもりで僕にあんなことをしたんだろう……?)

昨日、マハラジャが帰るときに馬車の前でされた口づけが忘れられない。

(唇……やわらかくて、熱くて……それから、マハラジャからすごくいい匂《にお》いがして……)

頬に血が集まってきたミルは、自分の中の甘いものを断ち切るように首を横に振る。

熱いため息を一つ吐いてから寝台を降り、王宮へ出かける仕度を始めた。

服を着替えて軽い朝食を取り、外へ出て行くと、二軒隣の寺院の前に小さな馬車が停まっている。不思議に思って近づいて行ったミルは、高い柵門《さくもん》の向こうにムファリの姿を見つけた。

彼女は忙《せわ》しく子供たちを集め、建物の中へ入るように言っている。

「ムファリさん、どうしたの?」

柵を開けて中に入ったミルを、ムファリが笑顔で迎えた。

「お医者様が来てくださっているの」

「え……？」

ムファリは少し興奮したように頬を紅潮させ、満面の笑みを浮かべている。

彼女によれば、いつもはお金がかかってとても呼べない医者が来て、子供たちが病気にかかっていないかどうかの検診をしてくれているという。

これからも一ヵ月に一度、定期的に……しかも無料で、孤児院を訪れてくれると、医者が言っているというのだ。

「王宮から頼まれて来て、お金はそちらからもらうから、私たちは払わなくていいっていうことらしいのよ。ミル、あなたが昨日連れて来た人たちになにか頼んでくれたんじゃないの？」

「僕はなにも……」

戸惑いに視線を揺らしながら、ふと、昨日少しだけ医者の話をしたことを思い出した。

（あ……じゃあ、それで、もしかしたらマハラジャが……？）

頼んではいないが、気を遣って医者を派遣するようにしてくれたとしか思えない。

黙っていると、ムファリが見上げてくる。

「ミル？　どうしたの……？」

ミルはハッとして彼女に笑顔を向けた。

「あ、ううん、なんでもない。あの方たちは……きっと、どこからか、この孤児院のことを聞いて……お医者様のことで困っているって知って、こうしてくれたんじゃないかな」

「やさしい方たちなのね。ミルはそんな方たちといっしょに働けて、幸せね」

「うん……」

マハラジャは本当にやさしい人だと思う。心の中でそう呟いたミルは、微笑みながら王宮へ向かって歩き始めた。

王宮に着いて中庭で仕事を始めてからも、ミルはずっとマハラジャのことを考えていた。

(マハラジャ……今日ここでマハラジャに会えたら、お医者様のお礼を言おう。昨日の……接吻《せっぷん》のことを思い出すと、ちょっと恥ずかしいけど……でも、それとこれとは別だから。お礼はちゃんと言っておかないとだめだよね、あんなに親切にしてもらったんだから……)

マハラジャと会えるのを楽しみにして、いつ銅鑼が鳴るかと待っていた。

だが、夕方近くになっても、来訪を告げる銅鑼の音が聞こえることも、マハラジャ用の入り口の円柱に旗が上がることもなかった。

(どうしたんだろう? 今日は忙しいのかな? でも、昨日帰るときに、また明日、ここで会おう、って言ってくれたのに。今日はもう、いらっしゃらないのかな……?)

仕事をいつもより遅くまでやって待っていたけれど、とうとうマハラジャは現れない。

ミルはがっかりして作業場に戻り、使用人用の扉から外へ出た。

すぐに、扉の前にいた守衛二人に呼び止められる。

「待て、ミル。仕事が終わったら、お前をここに引き留めておくようにと言われているんだ」

「え……?」

ミルが瞬きを返すと、守衛の一人がもう一人と頷き合い、王宮の奥へと消えていく。

どういうことか分からないミルが扉の前で、残った守衛一人といっしょに待っていると、先ほどいなくなった守衛がカッサムのあとについて戻ってきた。

「カッサム様……？」

前が長めの黒髪を掻《か》き上げつつ、カッサムは早足で近づいてくる。丈の長い上着を身につけているせいか、彼は余計にすらりと長身に見えた。

「ああ、お前、ちょっと用事があるんだ。ついて来い」

急いでいるように踵を返した彼に、ミルはおずおずとついて行く。

「あ、あの、どこへ行くんですか……？」

守衛たちの前を離れて、王宮のマハラジャたちの居住する方へと向かうカッサムが、少し遅れてついて行くミルを歩きながら振り返った。

「マハラジャのお部屋へ行く。それから、お前に今夜の宴会に出てもらう」

「えっ⁉」

びっくりしたミルは、カッサムが冗談を言っているのだろうと思った。

けれど、カッサムは今夜の宴会が、隣国の王を迎えての、マハラジャの戴冠式へ向けての祝いの宴《うたげ》の一つであることを説明し始めた。ミルをその宴会に出席させるため、これから協力してくれる女官に手伝ってもらって着替えさせるとまで言う。

土いじりをしていて汚れた手足はよく洗っておけと命じられ、ミルは彼が本気だと知った。

「ぼ、僕がマハラジャの宴会にっ⁉」

ミルは煌びやかな内装の王宮の廊下を歩きながら、小さな悲鳴を上げた。

「そ、そんな……っ！　僕はマハラジャにこの姿を見せただけでクビになるのに……」

「ようは、うちの父にバレなければいいだけのことだ」

「で、でも……」

にっこりと男らしく笑ったカッサムが、これはマハラジャの命令だ、と言う。

「マハラジャは、今日、中庭でお前に会いたいと思っていらっしゃったらしいんだが……お忙しくて行けなかった。今も用事がたてこんでいて、お前の顔を見に抜け出すことができない。それで、お前を宴会に出席させてそこで会いたいと思っていらっしゃるんだ」

「……」

「あの方は、言い出したらきかないところがあるから……もしお前が来ないとなったら、仕事を放り出してお前に会いに来るかもしれないぞ。マハラジャにそんな無責任なことをさせたくなければ、お前も腹をくくれ。それとも、これからどうしても外せない用事でもあるのか？」

「それは、ありませんけど……」

「よし、じゃあ、決まりだ。お前はマハラジャの母方の遠縁の者ということにしておく。今日祝いに駆けつけてくれたばかりで、しばらく王宮に滞在する。宴会では私の隣にいさせるから大丈夫だとは思うが……誰かになにか話しかけられたら、そう言って誤魔化《ごまか》しておけ」

カッサムは、強引にミルの宴会への出席を決めてしまった。

ミルは五階まで連れて行かれる。

剣を腰に差した守衛が二人立っている扉をカッサムが軽くノックすると、中から若い女官が現れて、ミルたちを中へ入れてくれた。

「ここがマハラジャのお部屋ですか？」

駆け回れそうに広い部屋には、大理石の床に立派な厚い絨毯《じゅうたん》が敷かれている。

天井から下がる大きなシャンデリアや猫足のテーブルの豪華さに、ミルは目眩《めまい》がしそうだ。

中央のテーブルの上には、金で凝った装飾を施《ほどこ》された陶器製の花瓶に、華やかで美しい花が生けられていた。

「ああ、ここがマハラジャのお部屋の一つだ。マハラジャは今、部屋にいらっしゃらないが……お前には、この部屋で、マルアに手伝ってもらって着替えてもらう」

マルアと呼ばれた女官に、カッサムは笑顔を向ける。

「分かっているな？　よろしく頼むぞ」

「はい」

踝までの長く上品な服を身につけたマルアが、ミルを衝立の後ろへ促した。

カッサムが出て行ってしまうと、ミルはそこに用意されていた桶に入った水を使って、身体を清めるようにと言われる。

汗を水に浸《ひた》した布で拭《ふ》き取り、土で汚れた手足を香料入りの高価そうな石鹸《せっけん》で洗う。

それが終わると、まるで王族のような白い絹服に着替えさせられた。

あまりにきれいなので長袖に腕を通すときには緊張したが、マルアに手伝ってもらって、金糸で刺繍された立ち襟の服を身につける。

絹の美しい靴を履き、金の指輪や宝石もつけさせられた。

全身が映る鏡の前に立ったミルは、地方貴族の子息のように見えないこともなかった。

(で、でも、宴会とか……そんな、正式な場での身分の高い方の振る舞い方とか、作法とか、全く分からない。大丈夫なのかな……?)

鏡の中の自分を見つめていると、マハラジャがカッサムと部屋に入ってきた。

宴会に出るためか、マハラジャは中庭に来たときよりもずっと豪華な服装をしている。

頭に巻いたターバンにも大きな宝石の飾りがついていた。絹の光沢が彼の濃い肌色と眩《まばゆ》いばかりの金髪に似合い、いつもより数倍も男らしく見える。

ミルはドキリとし、彼に見惚れてしまった。

「ミル……見違えたぞ」

マハラジャは目を見張り、ミルの前まで笑顔で近づいてくる。

「うん、貴族の子息らしく見えるな。これなら母の遠縁と言えば、皆信じるだろう。母は宴会に出ないし、お前の顔はこの王宮でほとんど知られていないから、素性は誰にも分かるまい」

「マハラジャと私の他に、ミルの顔を知っている唯一の貴族かもしれない私の父は、連日の宴会には参加しておりませんしね。なにしろ、あなたの戴冠式の手配やら宴会の準備やら……裏方としていっさいを取り仕切っておりますので、表の方に出るのを諦《あきら》め、私に任せてくれています」

カッサムが悪戯っぽく笑って言い、マハラジャがそれに頷く。

「ああ、それも好都合だったな。とにかく、マルア、よくやってくれた」

彼はミルの着替えを手伝ってくれた女官の方を向いた。

「お前が協力してくれて助かった。分かっているとは思うが、このことは他言しないでくれ」

「はい、もちろん分かっております」

聡明そうな目をした彼女は、ミルの素性について深く詮索《せんさく》はしなかった。

マハラジャの身の回りの世話をする女性だから、貴族の中でも身分の高い者の子女だろう。庭師のミルなど、その姿を見るのも禁じられるような深窓の令嬢として育ち、いざというときにはマハラジャのために命を差し出すような、忠義心の厚い女性が女官として採用されているはずだ。マルアもカッサムと同様、マハラジャにずいぶんと信頼されているようだった。

「それでは、失礼いたします」

マルアが一礼をして部屋を出て行くと、マハラジャが恥ずかしがるミルに微笑みかけてくる。

「本当は、宴会の間ずっと俺のすぐそばに座らせて、お前だけと話していたいが……今日は隣国の王を迎えての祝宴だし、そういうわけにもいかない。それに、俺といっしょにいるとお前が目立つことになるだろう。隣国の王や必要な人間への挨拶《あいさつ》がすむまで、宴会場ではカッサムといっしょにいるようにしてくれるか？」

「は、はい……それで、あの、マハラジャ、お話があるのですが……」

孤児院に医者を派遣してくれたことについて、お礼を言いたかった。

マハラジャが甘い眼差しになる。

「ちょうど俺もお前と二人きりで話したいと思っていた。宴会の途中でこっそり抜け出すから話をしよう。宴会場を出て廊下を左へしばらく行くと、庭に面したバルコニーがある。いつもあまり訪れる者がいないようなところだから、お前とゆっくりできるだろう。宴会も半ばを過ぎて皆が酔ってきたら、そこで待っていてくれ」

「はい……」

ミルはその後、マハラジャとカッサムと三人で階段を二階まで下った。

隣国の王を迎え、国内の貴族たちも集まって三百人ほどで行われるという宴会。

どういう雰囲気のものなんだろう、とドキドキしながら広間に足を踏み入れたミルは、中の豪《ごう》奢《しゃ》な様子に圧倒されて息を呑む。

「わ……」

まず目に飛び込んできたのは、天井から吊《つ》るされた巨大なシャンデリアだ。

四方の壁には天井から白い絹布のカーテンが吊るされており、くり貫《ぬ》き窓から流れ込んでくる夜の風に吹かれて、ふわふわと揺れていた。

照明が落とされて、少し薄暗い室内。

三百人もの大人の男たちが長方形を作って並び、絨毯の上でクッションにもたれて座る。

彼らの中央には、銀製の食器に盛られた数十種類もの料理が並んでいた。

すでに宴会は始まっているようだ。美しい服を身につけた女官たちが酒瓶を手に、男たちの持つ宝石で飾られた杯《さかずき》へと、酒を注いで回っている。

さざめきのような談笑の声がそこかしこから聞こえてくる。

マハラジャが一番豪華に整えられた自分の席に腰を下ろすと、さっそく隣国の王らしき人物がやって来て、マハラジャに祝いの言葉を述べ始めた。

「おい、お前は私の隣に座れ」

ミルがぼんやり突っ立っていると、マハラジャと角を挟んで座ったカッサムに促される。

あわてて腰を下ろしたミルとカッサムにも、女官が杯を持ってきてくれた。

「私もちょっと、隣国やこの国の貴族に挨拶をしなければならない。席を立つこともあるかもしれないが、お前はそんなときでも一人で好きに飲み食いしていればいいからな」

「は……はい」

カッサムの言葉に神妙に頷いたミルは、女官に注いでもらった酒をペロリと舌先で舐《な》める。

苦く感じたのでそれ以上は口をつけなかったが、なにもかもが下町とはまるで別世界のように感じられる豪勢な雰囲気に飲み込まれ、そこに座っているだけで酔ってしまいそうだった。


夜が更《ふ》け宴もたけなわとなってきた頃、ミルは会場を抜け出した。

マハラジャに言われたとおり、守衛が二人立っている宴会場の扉を出る。月明かりと篝火《かがりび》を頼りに廊下を左へと歩いて行き、庭に面したバルコニーを見つけた。

誰もいないそこへ出て手すりに手をかけ、眼下に広がる王宮の前庭を眺めた。

「ふうー……っ」

思わず、全身でため息を吐く。

「あそこにいると、すごく緊張しちゃうよ。身分の高い方たちって、いつもあんなふうに豪華な食べ物やお酒を用意して、大掛かりな宴会を開いているのかな……?」

料理は美味しかった気がするけれど、ミルは緊張でなにを食べたのか分からなかった。

とりあえず、普段そう食べられない肉や魚や果物やお菓子を口に運んでいるうちに、お腹はいっぱいになった。

宴会場では踊り子が楽団とともに舞を披露し始め、出席者のほとんどがかなり酔ってきたようだった。ミルはそろそろかと思い、待ち合わせたこのバルコニーへと出て来たのだ。

(マハラジャ、早くいらしてくださらないかな……あ?)

宴会場の方を振り返ると、五、六歩ほどミルの背後にある廊下沿いのくり貫き窓の向こうに、三人の男たちが集まって話しているのが見えた。

茶色の髪の、お坊ちゃん風の顔立ちの男性に見覚えがある。

(あの人は……昨日の夕方、マハラジャに北の土地を欲しいとかって頼んでいた……マハラジャの従兄弟の、ダリー様だ。きっと宴会に呼ばれて、出席していたんだ……?)

緊張していたし薄暗かったので、広間では分からなかった。

廊下よりもバルコニーの方が暗くなっているからだろう、彼らはミルがすぐそばにいることに気づかずにいる。周りに誰の姿もないから聞かれていないと思い込んでいるらしく、壁一枚を挟んだ向こうで、声もひそめずに話し続けていた。

「ダリー様、それで……例の北の土地はもらえそうなのですか？」

「さあ、どうだかな。ラシュがえらく渋っていたから、まだ分からない」

取り巻きらしい男の一人に問われたダリーが、不満そうな声音で返す。

「ふん……ラシュの奴、一ヵ月後の戴冠式がすまないうちは、まだ正式にマハラジャになったわけでもないのに。もう偉そうに、マハラジャ風を吹かせていたぞ」

マハラジャの陰口を言っている。

そう気づいたミルは、そっと窓越しに彼らの様子を覗いた。

「ラシュ様はずいぶんと恩知らずですね。この国でマハラジャの家に次ぐ力を持っているダリー様の家が反対していたら、前マハラジャもラシュ様を次のマハラジャに指名できなかったでしょうに。全く、誰のおかげでマハラジャになれると思っているのでしょう」

「そのとおりだ」

ダリーが眉を寄せ、苦々しく舌打ちする。

「本当なら、あいつはマハラジャになれるような人間じゃない。なにしろ、ラシュの母親は外国人だ。血筋としては俺の方がマハラジャになるのに相応しい。まあ、俺は国を治めるなんて面倒くさいことには興味がないから、頼まれてもマハラジャにはならないが……」

「前マハラジャに気を遣って誰もはっきりとは口にしませんが、皆、ラシュ様のことは、外国の血が混ざっている、卑《いや》しい血統の人間だと思っておりますよ」

「そうだろう？　ラシュもそのことで少しは自分を恥じればいいのに。あいつは母親譲りで面《つら》の皮が厚いから、ああやって宴会でも偉そうに振る舞っている。まあ、今に思い知ればいいさ」

ミルたちがいるところからは見えない、先ほどあとにしてきた宴会場の方へ視線を遣った三人が、口の端を上げて嫌らしく笑う。

（お母さんが外国人？　そうか、だから、マハラジャの髪は……）

マハラジャの外見がこの南国に暮らしている者たちと違っている理由を初めて知った。

それと同時に、ミルはマハラジャの出自を嘲《あざけ》っているダリーたちに、激しい憤《いきどお》りを感じた。

（たとえお母さんが外国人でも、そのことでマハラジャはこんなふうにバカにされたり悪口を言われたりしていい方じゃない。だって、あの方は……広い心をお持ちですごくやさしくて……この国を治めていかれるマハラジャに、誰よりも相応しいと思うから……）

窓から覗くのをやめたミルは、壁に背中をつけて胸の前でギュッと拳を握り締める。

湧《わ》き上がってくるダリーたちへの怒りをこらえていると、すぐそばの廊下にいる彼らが、近くを通りかかったらしい女官を呼び止める声がした。

「……おい、お前。こっちへ酒を持って来い」

女官が近寄ってくる気配がしたかと思うと、ほどなく酒瓶や杯のようなものが廊下の床に散らばる激しい音がして、女性のものの悲鳴が上がる。

「きゃっ……ダ、ダリー様、なにをされるんですっ!?」

「っ!?」

ミルは再びくり貫き窓から中を覗き、大きく息を呑んだ。

ダリーが取り巻きの男二人に若い女官の両腕を拘束させ、彼女を好色そうな目で見ている。

「ラシュのために、クソ面白くもない祝いの宴会に出てやっているんだ。こうして女でも抱いて楽しまないと、やっていられない」

ダリーは女官の服を両手でつかみ、胸に巻かれたそれをビリビリと破く。

「きゃ、きゃぁ……っ!! や、やめてくださいっ!!」

「うるさいな。お前たち、この女をどこかその辺の部屋へ連れ込め。王宮の女官は町の商売女たちとは違って、貴族の娘で処女ぞろいだ。皆で可愛がってやれば楽しめるぞ」

「嫌です、やめて、やめてください、ダリー様……っ!!」

細い肩から胸にかけてを露《あら》わにされ、男たちに力ずくで連れ去られようとしている女官が、大きな声で泣き喚《わめ》き始めた。

ダリーはその口を手で塞《ふさ》ぎ、怒鳴りつけて脅す。

「静かにしろ! これ以上騒ぐと、この場で殺してやるぞっ!」

彼は口を歪めた品性のない笑い方をする。

「皆で楽しんだら、あとは解放してやろうと思っていたが、クソ生意気だからそうするのはやめた。お前は外国に奴隷として売り飛ばしてやる。王宮内はここのところ忙しくしているから、女官が一人消えたところで大して問題にもならない。たとえお前の家の者がお前を売り飛ばしたのが俺だと知っても、俺との身分差を考えたら訴えたりはできないだろう。お前の家族はどうせ泣き寝入りで、娘のお前を探すこともできない。どうだ、うれしいか？」

「……っ!!」

その言葉に息を呑んだミルは、とっさにバルコニーから廊下へと駆け込んだ。

「……な、なにをされているんですかっ？」

声を張って彼らのそばに立つと、男二人が女官を拘束したままで眉を寄せる。

「なんだ、お前は？」

「その人を放してあげてください。嫌がっているじゃないですかっ」

ひるまずに言ったミルに、ダリーが目を眇めた。

「おい、俺が誰か知って言っているのか？」

彼はミルをジロジロと見つめる。

「見たことのない顔だが、どうせどこかの貧乏貴族の息子だろう？　余計なことをするな。俺を怒らせたら、お前の家くらい簡単に取り潰《つぶ》してやることができるんだぞ」

「……っ」

この人たちにはなにを言っても無駄だ。

そう判断したミルは、とにかく女官を逃がそうと彼女に素早く手を伸ばした。男たちの手をつかんで振り払い、女官を助けようとすると、ダリーに髪をつかまれる。

「やめろ、邪魔をするな！　お前も殺されたいのかっ？」

「……痛っ！」

髪をつかまれて、後ろにぐいっと力いっぱい引っ張られた。

ミルが痛みに顔をしかめたとき、遠くから鋭い声が飛んでくる。

「ミル……っ!?　おい、そこでなにをしているっ!?」

マハラジャの声だ、と気づいたとき、彼がカッサムを連れて走って来るのが見えた。

マハラジャは眉を寄せ、争っていたミルたちの前に立つ。

「ダリー……？　これはなんの騒ぎだ？」

「ラシュ……」

ダリーがそれまでつかんで引っ張っていたミルの髪から手を離し、他の男二人も、女官を投げ出すようにして彼女から離れた。

女官は破かれた服で胸の前を隠して、マハラジャの腕にすがる。

「マハラジャ、どうか……どうか、お助けくださいっ」

泣きながら訴える彼女の様子からも、マハラジャはただならぬ事態を感じ取ったようだ。

彼は、髪を引っ張られた痛みにまだ顔を歪めているミルに問う。

「ミル……ここでなにがあったんだ？」

「……ダリー様が、嫌がるその女性を部屋に連れ込んで酷《ひど》いことをしようとしていたんです。騒ぐと殺すとか、外国に奴隷として売るとか言っていて」

「本当なのか、ダリー……？」

厳しい目を向けられたダリーが、卑しい笑みを浮かべて肩をすくめた。

「俺はそんなことはしていない。お前たちも見ていただろう、なあ？」

しゃあしゃあと言うと、彼の仲間の男二人が頷いた。

「ええ、ダリー様はそんなことはしていません。酷い言いがかりです」

「そいつが嘘《うそ》を吐いているんですよ、自分がその女官を襲おうとしたのを隠そうとして」

あろうことか、ミルに罪を被せようとする。

「な……」

ミルが絶句すると、マハラジャの腕にすがった女官が必死に首を横に振った。

「い……いいえ、いいえ。嘘を吐いているのはダリー様の方です。ほ、本当です。この方は私が襲われそうになっているのを、助けてくださって……っ」

「……もう大丈夫だ。お前のことは守ってやるから、そんなに泣かなくていい」

涙を流す女官に言ったマハラジャが、彼女を自分の腕からやさしく離した。

そばにいたカッサムに彼女を託し、厳しい表情でダリーの方を向く。

「ダリー……お前は、自分の立場というものがよく分かっていないようだな」

マハラジャは怒りを極力抑えた静かな声で言い、彼を睨《にら》みつけた。

「お前は王族ではないが、父の妹の……叔母上の息子で、王家の血を引いている。国民に手本を示していかなければならない者なのに、王宮内で……しかも隣国の王が祝いに来てくれて、宴会を開いている大事なときに、女官に乱暴をしようとするなんて。言うことを聞かないと殺してやるなどと脅しただと？　そんなことが許されると思っているのか」

「ふん、女官をちょっとからかっただけだろう？」

ダリーは全く悪びれない様子で、軽薄に笑いながら言った。

「それに、もし殺してやると言ったのが本当だったとして、なにがいけない？　そんな身分の低い女官一人、傷ものにして殺したところでどうだっていうんだ？　そんなに大げさに考えることじゃないだろう？　こんな、生きていようが死んでいようがどうでもいい価値のない女一人のことで、この国で一、二を争う身分や金のある俺が責められるなんて間違っているだろう？」

「酷い……」

あまりの言いように、ミルは唇を噛みしめた。

ミルの隣で、マハラジャが厳しい声でダリーを叱咤《しった》した。

「ダリー、お前という奴はなんてことを言うんだ!!　少しは恥を知れっ!!」

これまで冷静に説教をしようとしていたが、もうこれ以上は従兄弟の暴言を我慢できないというように、マハラジャの声が廊下に響き渡る。

「これから一週間、この王宮への出入りを禁止する!!　その間、ここで催《もよお》されるどんな儀式や宴会にも出席することは許さない。少し頭を冷やせっ!!」

「ラシュ？　俺に恥をかかせるつもりか？」

ようやく事態が深刻になっていることが分かってか、ダリーがわずかに眉を寄せる。

マハラジャは硬い表情を崩さず、言い放った。

「それから、例の北の土地については諦めろ。王宮でこんな恥知らずな振る舞いをするような者に、あの重要な土地を任せることはやはりできない」

「……っ」

ダリーが悔しそうに唇を噛んだとき、マハラジャが傍らのカッサムに命じる。

「カッサム。聞いてのとおり、一週間、ダリーが王宮に出入りするのを禁止することにした。命令だ、今すぐダリーをこの王宮から追い出せ」

「は……失礼を、ダリー様」

女官を離したカッサムがダリーの腕を取ろうとすると、ダリーはその手を乱暴に振り払った。

「触るな、自分で帰るっ」

彼は仲間の男たちと廊下を立ち去る寸前、ミルを振り返って舌打ちする。

「ちっ……お前、よくも余計なことをしてくれたな」

恨みの籠《こも》ったダリーの険しい目が、マハラジャの傍らに立つミルを強く睨みつけていた。

◇

翌日の午後、ミルはマハラジャと中庭で会うことになった。

昨夜はダリーの騒ぎのこともあり、結局ゆっくりと話せなかった。

代わりに今日、中庭で長く過ごせるように時間を作る。だから、マハラジャの来訪を知らせる銅鑼が鳴って旗が上がっても姿を隠さないように、と昨夜別れるときに言われていたのだ。

「ここに座ろう」

しばらく中庭に咲いている花を見て回ったあと、マハラジャにベンチへと促された。

白い大理石でできた大きめの横長のベンチが、中庭の中にはそこかしこに置かれ、マハラジャが身体を休められるようになっている。

頭上には、よく晴れた青空。

涼しい木陰になったベンチにマハラジャと並んで座ると、美しい緑と色とりどりの花々で溢れた庭を気持ちのよい風が通り抜けていった。

その風に黒髪を吹き上げられたミルは、まず昨夜の礼を言った。

ダリーの件で、自分を信じてもらえてうれしかった。

あそこで、マハラジャが現れて助けてくれなかったら。もしくはマハラジャが、国でも王家に次ぐ家柄にあるというダリーの家とのいざこざを恐れてあそこでミルたちを見捨てるような人間だったら、あの若い女官も、自分も本当にダリーに殺されていたかもしれなかった。

「そのことで礼を言わなければならないのはこっちだ」

立ち襟の絹服を着たマハラジャが、微笑んで首を横に振る。

「お前に助けられた女官が、礼を言っておいて欲しいと言っていたぞ。お前の素性は明かせなかったんだが、お前の勇気に俺も鼻が高かった」

「すみません、身分に相応しくないことをしてしまいましたが……」

ミルは続けて、昨夜、宴会に出たことで遅くなったからと、マハラジャが家まで馬車で送る手配をしてくれたことにも礼を言った。

「それから、昨日お話をしたかったのですが、お医者様のこともありがとうございました。これから定期的にお医者様に来てもらえるなんて……子供たちも助かりますし、ムファリさんもすごく喜んでいました」

「そうか……」

満足そうに微笑んだマハラジャが、ミルを隣からじっと見つめる。

「……俺は、誰よりもお前に喜んでもらいたかった」

「え……」

ミルはマハラジャの甘い眼差しにドキリとした。

視線を揺らしていると、マハラジャが少し照れくさそうに頬を緩めて言う。

「今度のダリーの件で、俺はまたお前を好きになった。お前は孤児院の子供たちのような、弱い立場の者を守っているだけじゃない。自分より強い者にも間違いがあれば立ち向かおうとする勇気も持っていて……そんなお前のことを、ますます好きになった」

「好き……に？」

胸がトクン、と小さく高鳴る。

ドギマギしてしまったミルの隣で、マハラジャは気持ちよさそうに風に吹かれていた。

「お前といっしょにこうして過ごしていると、気持ちが落ち着く。日頃の緊張が溶けていって心が安らかになるんだ」

「緊張……あ、あの、マハラジャは……お忙しいから、すごくお疲れなんですね？」

「これまでも父の仕事を手伝ってきたし、忙しさには慣れているつもりなんだが……」

マハラジャはミルを見つめたまま、軽く苦笑を浮かべる。

「俺はいつもこの国の王に相応しくありたいと思うあまり、自分で自分を疲れさせてしまうところがある。それに、家臣や国民の中に俺がマハラジャになることをよく思っていない者たちがいるのも知っていて……そういった政治的な対立からも、日々緊張を強《し》いられている。だから、政務を離れてお前とこうして穏やかに過ごせる時間に、とても心が慰められるんだ」

「マハラジャになることをよく思っていない人たちが……」

ミルは昨夜、ダリーたちがマハラジャの陰口を言っていたことを思い出した。

マハラジャはいったん口を結び、ため息とともに口を開く。

「……俺の母は、この国の者じゃない」

心をさらけ出すように、ゆっくりと話し出した。

「母は、父が北の国へ……この国から砂漠を越えて、もっと北へ行ったときに恋に落ちて、この国に連れ帰って来た娘だった。祖国ではそこそこの貴族の娘だったらしいが、それでも母を正妃にすると決めたとき、周囲から大反対されたと聞いている。今でも俺の出自についてあれこれ言う者がいるくらいだから、当時はもっと露骨だったんだろうと思う」

「……」

「そういうわけで、俺の将来を案じた父は、他に妾《めかけ》を持たず、腹違いの息子ができることで後々争いが起こることのないようにしてくれた。父の長男の俺だけが自分の跡を継ぐ人間になるようにしてくれたんだ。俺のあとは妹ばかりで弟が生まれず、俺はずっとたった一人の息子で後継者という立場だった」

マハラジャは遠い昔を懐かしむような目になる。

「幼い頃は、その父の期待に応えたいという思いもあったし、俺のこの髪と目の色を嫌う者たちを……つまりは、この国の者ではない母が父の妃になったことを気に入らないと思っている家臣たちを黙らせたいという思いもあって、勉学も武術も誰にも負けないようにと努力していた。少し大人になってからは、自分の立場というものがよく分かって……俺の手に委《ゆだ》ねられることになるだろうこの国の未来をよりよいものにしたいと思って、できる限りの力を尽くしてきたつもりだ。だが、今、自分はこの国の王となるにはまだまだ未熟だということを思い知らされている。正式にマハラジャになったあとのことが思い遣られるな……」

「そんな……僕は、マハラジャはこの国の王に相応しい方だと思います」

「いいや、まだ充分じゃない」

ミルが眉尻を落として言うと、マハラジャは首を横に振った。

「お前の家の近くで、貧しさから親に捨てられたという子供たちを見て……そんな子供たちが大勢いるのを目の当《ま》たりにして、俺はもっと国のために力を尽くさなければならないと感じた。おまけにこの国では、そういった弱い子供たちをさらって外国に売るような人身売買も横行している。この国は水源や土壌が豊かだといっても、まだまだやらなければならないことが山積みなんだ。俺は……大きな宮殿に住んで、もうすぐ正式にこの国のマハラジャなどと呼ばれる立場になるが、勇敢で立派だった先祖から受け継いだ、この国に暮らす一人ひとりを幸せにするという仕事を満足にこなせていないと、自分の力のなさを痛感している」

「マハラジャ……」

マハラジャの思い詰めた表情を見ていると、ミルの胸はキュッと切なく締めつけられた。どうにかして、彼の心を軽くしてあげたいと思う。

「僕は……なんていうか、国の政治についての難しいことは分かりません。ただ、マハラジャのために、この中庭にずっと美しい花たちを絶やさずにいたいと思います」

ミルはマハラジャの目をしっかりと見つめて微笑んだ。

「ここの花たちを見ることで、マハラジャの心が少しでも慰められたらいいと思っています。それで……三週間後のマハラジャの戴冠式に、この中庭の花が一番きれいに咲くように一生懸命世話をしておきます。僕はマハラジャになにも高価なお祝いを差し上げることができないので、せめてこの庭を花でいっぱいにすることで、マハラジャの即位をお祝いしたいって……前からそう思っていたんです」

「ミル……」

隣に座るマハラジャの片方の手が上がり、ミルの頬をやさしく包んだ。

「お前のそのやさしい気持ちが、なによりもうれしい」

「あ……」

そっと唇を合わせられたミルは、大きく目を見張る。

ちゅ、と音を立てて唇を軽く吸ったマハラジャが、ミルの目を覗き込んできた。

「お前のことが好きだ。本当に……お前とこうしていると、とても心が落ち着いて……お前のことが可愛くてたまらないと思う。お前を俺の腕の中でずっと守ってやりたい。こんな気持ちになったのは、お前が初めてだ」

頬を両手で包まれて、コツンと額を合わせられる。

午後の明るい日差しを透かす、灰色の美しい目が間近に迫る。甘い恋情のようなものに濡れているその双眸に、ミルは惹き込まれてしまいそうだった。

「これは恋というものだと思う」

「恋……」

熱い口説《くど》きの言葉を聞けば、さすがにミルにもはっきりと分かった。

マハラジャの自分への気持ちは、尊敬でも慈愛でも同情でもない。男女を結びつける愛情と同じようなものなのだ。

(じゃあ、さっき、好きって言ってくださったのは……そういう意味で?)

他人から告白されたのは初めてで、しかも相手は男性のうえ、遙《はる》かに身分の高いマハラジャなのだ。どう返していいのか分からないミルは、しどろもどろになった。

「で、でも……僕は、あの、男で……」

「お前が男でも、俺は恋している」

マハラジャはきっぱりと言い、真剣な目でミルを見つめた。

「お前も俺のことを好きだと言ってくれただろう？　この前、お前の家から帰るとき……馬車の前でそう言ってくれたじゃないか」

「それは、マハラジャのことを敬愛しているという意味で……」

困って眉尻を落とすと、マハラジャがもう一度、ちゅ、と唇を合わせてくる。

「その敬愛とやらは、これから先、恋に発展する可能性はないのか……？」

「わ、分かりません。分かりませんけれど……でも、僕は男だし、マハラジャとこうして口をきいてもいけないような身分の者で……まさか、マハラジャにこんなことを言われるなんて思ってもみませんでした。だから、どうしていいのか……分かりません」

「ただ、俺を好きになってくれればいいんだ」

マハラジャの唇に唇を捉《とら》えられて、熱い舌をぐっと差し込まれる。

ミルはとっさにベンチの上で身を引いた。

「あ、マハラジャ……？」

「俺は最近、なにをしていてもお前のことばかり考えている。お前が俺のことを好きかどうかということが気になって仕方ないんだ、ミル……」

二の腕をつかまれて半ば強引に口づけをされ、やわらかな舌がミルの口の中に入ってくる。

「ふ……ん、ぅ……」

男と……しかも、この国の王であるマハラジャと唇を合わせている。

その身体が硬直するほどの衝撃は、しかし、あっという間に口づけの快感に掻き消された。

ちゅく、ちゅく、と音を立てて舌を吸われる。唇や奥の粘膜を舐められたりして愛撫されているうちに……ミルの頭は次第に熱く、ぼんやりとしてきた。

(な、なに? 僕……こんなふうにされても、嫌じゃない……?)

気持ちよくなってしまって、身体に力が入らない。いつの間にか、ミルはマハラジャに口づけをされたままでベンチに押し倒されていた。

「ミル……」

ベンチに背中がつき、伸しかかってきたマハラジャの肩の向こうに高い青空が見えた。

「お前に触れたい。お前のどこもかしこも、俺のものにしてしまいたい」

「あ……」

白い綿の五分袖の上から、手のひらで身体をまさぐられる。

「この中庭は、今はマハラジャしか入れなくなっているが……もともとは、建国時代のマハラジャが愛妻のために造った、と以前言っただろう? その二人の恋に、俺は憧れている、と」

ミルの胸から腰を撫でた手が、膝までのズボンを穿《は》いた下半身へと向かった。

「俺は昔のそのマハラジャのような、自分の全てを賭《か》けられるような恋をお前としたい。お前はとても可愛らしくて飾ったところがなくて、一生懸命に生きていて……とても愛情深くて強い人間だ。俺はそんな人間を他に知らない。そんなふうに愛に溢れているお前となら、俺が憧れていた、自分の全てを捧げられるような恋ができるんじゃないかと思っている」

「マハラジャ……」

ミルの首筋に熱い息をかけるマハラジャが、ミルの脚の間に触れた。

「あ……？」

手のひらの温度に包まれた中心が、ズキンズキンと甘く疼《うず》き始める。

マハラジャはミルのズボンに手をかけると、それと下着をまとめて、太腿《ふともも》の途中辺りまで下げてしまった。

「あ……マ、マハラジャっ？」

露わになった男のものを隠そうとしたミルだが、その手を退かされる。

マハラジャはミルの下半身へとゆっくりと身体を下げていった。彼はミルのものの根元に、自分の手をやさしく絡める。

「ミル……お前のここをこうしたいと……ずっと思っていた」

「マハラジャ、なにを……？　あ……っ？」

脚の間に埋まったマハラジャの頭を押し返そうとしたのに、その寸前に、彼の熱い口の中にミルのものが吸い込まれてしまった。

「ん、あぁ、あ……っ」

根元まで銜《くわ》えられて、口の中で舌を這わされる。

マハラジャに自分のものを舐められている。そして、そうされて自分のものが欲望に勃《た》ち上がってきているなんて……ミルにはとても信じられなかった。

「い……嫌で……す、恥ずかしい」

身を捩《よじ》ると、顔を上げたマハラジャが上目遣いに見つめてくる。

「なにも恥ずかしいことはない。お前のこれは、食べてしまいたいくらい可愛らしい」

彼はミルの敏感な象徴へと、再び舌先をつける。

濡れたやわらかな口の中を使って舐められると、腰から下がブルッと震えた。

自分の全てが一瞬にして溶かされる気がして……ミルはあっという間に昂《たかぶ》り、腰の辺りに重い射精の予感が集まってくるのを感じる。

「……は、はぁ、は……ぁっ」

ミルは口を開け、甘い吐息を漏らした。

「は……ぁ、マハラジャ、あ……っ！」

濡れた音を立てながら、マハラジャはミルを高みへと追い込んでいった。

「ミル……気持ちいいか……？」

涼しい木陰にいるというのに、ミルの身体はじっとりと汗ばんでくる。

身体の芯に火が点《つ》いたように熱くなって、ミルは自分でも気づかぬうちに、自分から腰をマハラジャの口の中へ押しつけるようにしていた。

「マ、マハラジャ、もう……っ」

硬く張り詰めたものが、マハラジャの口の中で、くちゅくちゅと唾液を絡めて泳がされる。

ミルは荒く息を弾《はず》ませ、ベンチに仰向けになった身体を強張らせる。

「ふ、ふぁ、は……あ、あぁ、んっ」

絶頂を感じたその瞬間、ギュッと目を閉じて大きく喘《あえ》いだ。

「あ……っ、あ、あー……っ!」

ミルはビクッと腰を震わせ、熱い蜜をマハラジャの口の中で弾けさせる。

放出のあとすぐに、ミルは羞恥《しゅうち》で泣きそうになりながら、自分の脚の間を見つめた。

「ぁ……」

顔を上げたマハラジャが、ミルの精液で汚れた口を拭《ぬぐ》う。彼は身を起こすと、再びミルの上に伸しかかり、頬に愛しそうな口づけを降らせてきた。

「ミル……」

ミルの頬に一気に血が集まってきて、カーッと赤くなる。

「も、もう、放してくださいっ」

震える涙声で言い、身体を重ねているマハラジャの広い肩を押し返した。

ミルは急いでベンチから降りて地面に立つと、膝丈のズボンと下着を腰まで引き上げた。ベンチに座り直したマハラジャの顔を見られずに、頬を赤くして俯いたままで彼の方を向いて立つ。

「ミル……すまない」

目の前のマハラジャを見なくても、声から申し訳なさそうな顔をしているのが分かった。

「悪かった……その、お前のことがあまりに愛しくて……お前のことを心から好きだと思っているから、こんなことをしてしまった。そのことは信じてくれ」

「……っ」

好き、という言葉を聞くと、また恥ずかしさでいたたまれないような気持ちになる。

「すみません。僕、これで、し……失礼しますっ！」

ミルは叫ぶように言ってペコッと頭を下げ、素早く踵を返す。

「ミル……っ？」

背後のマハラジャの声を振り切ってダッと走り出したミルは、中庭を囲む高い塀についている扉の一つの中へと、勢いよく駆け込んだ。

4. 花のケーキ

それから三日後、ミルは使用人用の中庭への入り口を入ってすぐのところにある作業場で昼食を取っていた。

苗を育てたり世話したりできる広い作業場には、屋根つきの小さな物置が建っている。休憩所を兼ねているそこで、ミルは毎日、家から持参してきた弁当を広げる。

弁当といっても、たいていは朝作ったおかずの残りとご飯を素焼きの容器に詰めただけだ。

土で汚れた手を洗い、親方が存命だったときは向かい合って昼食を取っていたテーブルに向かって、一人寂しく食事を進める。

（マハラジャがあんなことをされるなんて……）

以前、中庭のベンチの上で求愛され、口淫《こういん》されたときの衝撃はいっこうに薄まらない。

中庭でまたマハラジャと顔を合わせるかもしれないと思うと、ミルはとても王宮での仕事に来られない気分だった。だが、花の世話を放棄するわけにもいかず、毎日やって来ている。

幸いと言っていいのか、この三日間、マハラジャが中庭に姿を現すことはなかった。

しかし、いずれは会うことになるだろう。もしかしたら、今日の午後にも彼が再び中庭を訪れるかもしれないと思うと、ミルの胸は緊張でドキドキと早鳴る。

（おまけに、マハラジャは僕のことを好きだって……恋をしているなんておっしゃって。男同士なのに、あれは本気で言っていたのかな？　あんなことまでしたけど、マハラジャがなにか僕をからかっていらっしゃるとか、そんなことはないのかな……？）

ミルはこれまでの三日間と同じように、悶々《もんもん》とマハラジャのことばかり考えた。

（でも、マハラジャが僕をからかっているっていうことはない気がする。そういうことをしそうにない誠実な人だから。じゃあ、好きって言ったのは本気だってこと……？）

食事が終わり、まだマハラジャに会ったらどういう態度でなにを話せばいいのか分からなかったけれど、とにかく今日の仕事を片付けなければならないと思う。椅子から立って花たちの世話に戻ろうとしたところ、使用人用の入り口の方から自分を呼ぶ声がした。

「ミル、早く来い」

行ってみると、いつも扉の前に立っている守衛の一人が扉を開けて自分を手招きしている。

なんだろうと思って扉の外へ出たミルは、廊下に立っている人物に目を見張った。

「カッサム様……？」

「あー、ゴホン。ちょっと、お前に用事があるんだ」

顎で促され、守衛たちから離れたところで二人きりになる。

守衛二人はカッサムがミルに会いに来るのに慣れっこになってきているのか、カッサムに口止めされているからか、彼とのことをあまり深く追及してこない。

「実は、これからもう少ししたら、マハラジャがとある部屋のバルコニーでお茶会を開くことになっている。戴冠式の祝いの挨拶にいらしてくださった隣国の宰相《さいしょう》が甘党でな、酒は飲まないそうなので、菓子やケーキや紅茶でおもてなしするのだ。その場に飾るのに相応しい花を、お前に届けて欲しいとマハラジャがおっしゃっておられる」

「花を……ですか？」

マハラジャ、という言葉が出て、ミルはドキリとした。

「ああ、中庭の花を少し、摘《つ》んで持ってきて欲しいそうだ」

「……」

ミルが浮かない顔のままで俯くと、カッサムが訝《いぶか》しそうな声を降らせてくる。

「もしかして……お前、マハラジャとなにかあったのか？」

「え……？」

視線を揺らして顔を上げたミルに、彼は肩をすくめた。

「マハラジャの様子が、ここ二、三日、おかしいんだ。中庭の方を見つめて、ため息ばかり吐いていらっしゃる。お前に会いに行きたいのかと思って、そんなに行きたいなら行かれたらいかがですか、と言うと……お前に合わせる顔がないから、中庭に行けないとおっしゃるんだ。私にはさっぱりわけが分からないんだが、お前がマハラジャになにか怒っているのか？」

「僕は、怒ってなんて……」

ミルはどう答えていいか分からず、言葉を濁した。

（マハラジャも……僕と顔を合わせるのを、気まずいと思っていらっしゃるんだ……？）

マハラジャがいつも自分に向けてくれていたやさしげな微笑みを思い出すと、胸が切なく甘いものでキュッと締めつけられる気がした。

（僕も、あんなことがあったあとでどんな顔をしてマハラジャと会えばいいのか分からない。でも、あの方にこのままずっと会えなくなったりとか……そんなことになるのは嫌だ。マハラジャにお会いするのはちょっと怖いけど、僕はマハラジャのことを怒っているわけじゃないってお伝えしたいし、それにマハラジャのお顔を見たい気持ちもあって……）

ミルは覚悟を決め、カッサムに頷く。

「分かりました。あの……すぐにお茶会用のお花を摘んできます」

「そうか。じゃあ、私はここで待っているから、摘み終わったら出て来てくれ。いっしょにマハラジャのお部屋へ行く」

「はい」

ミルは頷き、使用人用の扉の中へ入った。

とびきり華やかで美しい花ばかりを選び、腕いっぱいに抱えてカッサムのところへ戻った。

以前、夜の宴会に出るように言われ、一度だけ行ったことのあるマハラジャの部屋へ向かう。五階の南向きにあるそこの前に着くと、カッサムが、マハラジャに知らせてくるからちょっと待っていろと言って、ミルを廊下に置かれたソファに座らせた。

守衛の立つ扉の中へと消えていく彼を見送ったミルは、小さなため息を吐く。

（マハラジャと三日ほど会っていなかっただけなのに。これから会うのかと思うと、本当にすごく緊張しちゃう……）

胸の前に抱えた花たちに、そっと鼻先を寄せた。

花の甘い香りを嗅ぎ、気持ちを落ち着かせようとしたけれど、時間が経つにつれて、逆に胸が緊張でドキドキと高鳴ってきた。

カッサムの消えた扉の方へチラリと視線を向けたミルは、急にそこが開いてドキッとした。

「あ……」

出て来た二十代半ばの男性は、ターバンから茶色の髪を覗かせている。着ている服は一目で上等と分かるもので、お坊ちゃんっぽい顔立ちには見覚えがあった。

(……あれは、ダリー様?　まだ謹慎中のはずじゃ……?)

十数歩ほど離れたマハラジャの部屋の前から、ミルに気づいたダリーがこちらへ向かってくる。

ミルは驚きに固まり、抱えていた花をバサバサと足元に落としてしまった。

床に散らばった花を拾おうとソファから立ち、その場に屈んだミルよりも早く、ダリーが床にしゃがんで花を拾うと、ミルに手渡してくれた。

「……?」

信じられないその行動に、ミルは息を呑んだ。

以前会った印象だと……宴会の晩にミルを恨みがましい目で睨んで去って行った彼なら、ミルの落とした花を踏み潰すくらいのことはしそうなのに。

(……なに?　どうしたんだろう、この人?)

花を胸に抱えて立ち上がったミルは、同じように立ち上がったダリーを見上げる。

「……この前は悪かったな」

ダリーが微笑んで口にした謝罪の言葉も、すぐには信じられないものだった。

「あ……い、いいえ……」

首を横に振ったミルを、ダリーは以前の彼からは想像もつかないような人のよさそうな笑みを浮かべて、上から下までじっくりと眺める。

「お前はマハラジャの母方の遠縁の者らしいが……その格好はどうしたんだ？　まるで使用人みたいじゃないか」

「……っ!!」

ミルはギクリとして、とっさに言い訳を考える。

「あ、あの……今、ちょっと外に花を摘みに行ったので、汚れると思って着替えて……」

「花を摘むためといっても、あんまりな服装じゃないか？　この国のマハラジャの戴冠式に、祝いに駆けつけるくらいだし……ラシュとも親密そうだった。自国では相当な身分の家の者なんだろう？　手足も土で汚れてしまっているようだし、そんな格好をしているのを見たら、国からついてきた供の者たちが泣くんじゃないか……？」

首を傾げたダリーは、ミルの素性を深く追及してくる。

「ラシュの母親の国には俺の親戚《しんせき》も住んでいる。もしかしたらお前の家と懇意にしているかもしれないから、ちょっと聞いてみようと思うが……お前はなんという家の者だ？」

「あの、それはその……」

マハラジャの母親の国で有力な貴族の名前なんて、一つとして知らない。

ミルの頬からサーッと血の気が引いていく。

「なんだ、俺には名乗れないというのか？　この前のことはもう謝罪したのに、まだ根に持っているのか？」

「そ、それは……そうじゃなくて……」

ミルがしどろもどろになっていると、先ほどダリーが出て来た扉がまた開いた。

姿を現したカッサムが、ミルの方へ笑顔でやって来る。

「お話し中、失礼いたします。マハラジャがお呼びですので、どうぞ中へ」

「あ……」

「失礼いたします、ダリー様」

ダリーに一礼したカッサムに促され、ミルはマハラジャの部屋の居間に入った。

背後でドアが閉まって、ミルはホーッと安堵のため息を吐く。

「危なかったたな」

カッサムが胸の前で腕組みをし、口を引き結んだ。

「ダリー様はあれでけっこう頭が切れる。まあ、その分、悪知恵も働くというわけだが……」

「……ありがとうございました」

ミルは何度か深呼吸をしてから、カッサムを見上げる。

「ところで、ダリー様はここへなにをしに来ていらしたのですか？　この前、マハラジャが一週間、王宮の出入りを禁止されたはずなのに……」

「あいつはこの前のことを謝りに来た。だから、今日は特別に入れてやったんだ」

突然、マハラジャの声がして、彼が奥の部屋から出て来た。

光沢のある絹に草の模様の入った、立派な長い上着に身を包んでいるマハラジャ。きりっとした眉の、彫りの深い顔立ち。濃い肌色が、これからお茶会で外国の宰相を迎えるに相応しいその白く上等な服に映え、彼はいつもより精悍に見える。

金髪を包んでいるターバンには、眩いばかりの宝石の飾りが煌めいていた。

やさしげな灰色の目に見つめられて、ミルはドキリと胸を甘く鳴らして彼を見つめ返す。

「マハラジャ……」

「ミル……花を持ってきてくれたんだな」

花の束を胸の前に抱えたミルの前まで歩いて来た彼は、色とりどりの美しい花たちを受け取ると、鼻を寄せて香りを楽しんだ。

「ああ、甘い匂いがして……きれいだ。礼を言うぞ」

マハラジャは女官のマルアを呼び、花を手渡す。これからお茶会をするバルコニーに飾ってくれと命じると、彼女はすぐに花を抱えて出て行った。

「最近、特に忙しくしていて……それに、もしかしたらお前に嫌われてしまっているかと思ったら、少し怖くて……中庭に行けなかった」

マハラジャはミルを見て、幸せそうに頬を緩ませる。

「お前とこうして会えてうれしいぞ」

「……ぼ、僕も……です」

ミルがおずおず答えると、マハラジャは安心したように微笑んだ。

あんなことがあったあとで、どんな顔をして会えばいいのかも、どんな話をすればいいのかも分からずに不安だったが……マハラジャと微笑み合ったとたん、ミルの中に重く溜まっていたものが、すっと自然に溶けてしまった。

代わりに、彼への懐かしさにも似た甘い感情が湧き上がってくる。

（あ……なんだろう、これ……）

胸が小さくトクトクと鳴った。

午後の明るい光を透かして輝いている、マハラジャのきれいな灰色の目を見ていると、鼓動が速まっていく気がする。

「ダリーはあと三日ほどで一週間の謹慎が解けるが……そのあとは、もうこれまでのように傲慢《ごうまん》な振る舞いはやめ、自国や領民の幸せのために努めるとのことだ。自尊心の高いあいつがわざわざ謝りに来たのだから、本気で反省しているんだろう。実は、謹慎以上の罰を与えることも考えていたんだが……とりあえず、しばらく様子を見ることにした」

「そうだったんですか……」

ミルには、ダリーが改心したという話はすぐには信じられなかった。

（でも、わざわざマハラジャに謝りに来たなんて……そうか、だから、さっき、僕にもあんなふうにやさしい感じで接していたんだ……？）

ほんの数日で人間の性格が変わるとも、心をすっかり入れ替えられるものとも思えなかったけれど、それが本当なら喜ばしいことだと思った。

（あの人がマハラジャを嫌ったり反抗的な態度を取ったりせずに、協力するなら……マハラジャの心労が一つ減る。マハラジャはご自分の望まれるように、この国を治めることに力を注げるようになるだろうから……）

居間に立っていると、お茶会の準備が整ったとマルアが知らせに来た。

マハラジャは、すぐに行く、と答えて、ミルに視線を戻す。

「……そうだ、お前もケーキを食べていかないか？　花入りの、とてもめずらしいものだぞ」

「花の入ったケーキ、ですか？」

瞬きを返したミルは、ケーキというものの存在はぼんやりと知っていた。

だが、貴族の口にしか入らないそんなものをこれまでに食べたことはない。当然、花入りのケーキの味も知らなかった。

「食用の花については、僕もいくつか知っています。親方に教えてもらいましたから。でも、それを入れたケーキがあるんですか？」

マハラジャは微笑んで頷く。

「そうだ。これからいっしょにお茶を飲む隣国の宰相のために、いろいろな種類のケーキを焼かせた。花の入ったケーキは、本来、祝いの席で食べられるもので……予備として食べきれないくらいたくさん作ってあるはずだから、よければお前もちょっと食べていけ」

彼はそう言って、カッサムの方を向いた。

「カッサム、この部屋にミルのために紅茶と花入りのケーキを運ばせてくれ。一人で食べるのはミルが寂しいだろうから、お前も付き合っていっしょに食べてくれるか？」

カッサムが半ば呆れた顔で肩をすくめた。

「マハラジャのご命令とあれば、私は構いませんが」

彼の返事に頷いたマハラジャが、少しためらいがちにミルに視線を戻してくる。

「それで…ミル、今日、お茶会のあとに中庭に行ったら、また俺と話をしてくれるか？」

「え……？」

灰色の瞳の中にわずかな怖れが覗いているのに気づき、ミルはしっかりと頷いた。

「あ……は、はい、もちろんです。僕のような者がお話し相手でよければ、お待ちしています！」

マハラジャの顔に満面の笑みが浮かんだ。

「よし。それじゃ、俺はこれからお茶会に行くが……ミル、お前はここでゆっくりとお茶と花のケーキを楽しんでいってくれ」

マハラジャは二つ隣の部屋のバルコニーにいる、とミルに言い残し、部屋を出て行く。

満足そうな彼を見送ったミルは、マルアにお茶の手配を頼んだカッサムと向かい合ってソファに座った。

ほどなくお茶と花入りのケーキが運ばれてくる。

用意をしてくれたマルアに礼を言ったあと、ミルはテーブルの上のカップを見つめた。ミルの家で使っているような素焼きのものではなく、高価な白い陶器製だ。金の美しい縁取りと装飾が施されている。

「それにしても、マハラジャはお前をずいぶん気に入っておられるな……」

カッサムはカップに落とした砂糖をスプーンで掻き混ぜ、正面のミルをじっと見つめる。

「この前、お前の家から帰るときも接吻なんてして……あれは冗談だろうと思っていたが、こう頻繁《ひんぱん》にお前のことばかり特別扱いするのを目の当たりにすると、まさか、お前に特別な感情を抱いていらっしゃるのじゃないかと疑ってしまう。いや、そう考えたくはないんだが……」

「……」

マハラジャに好きだと言われて……身体に触れられた、などとは言えなかった。

ミルは黙って、カップを口に運ぶカッサムを見ていた。

彼の真似をして砂糖を紅茶によく混ぜてから、高級な茶葉の匂いを立ち上らせているそれをドキドキしながら飲んでみた。

(僕のところでマハラジャに出した紅茶とは、まるで品質が違う。それに、高貴な方たちって紅茶に砂糖を入れて甘くして飲むものなんだ……?)

甘さが加わった紅茶は、味が引き立てられてとても美味しい。

ミルはじっくりとそれを味わいながら、いろいろと考えを巡らせた。

(砂糖なんて高くて贅沢なもの、なかなか買えないけど。でも、もし、またマハラジャが僕の家に来られるようなことがあったら、今度はこういうお茶を出して差し上げたいな。これ、とっても美味しいから。あ、で、でも、そんなこと、きっともうないだろうけど……）

ミルは紅茶をソーサーに戻した。

今度は花入りのケーキを賞味させてもらおう、とフォークで一片を切り取り、目の前まで持ち上げて……じっくりと見つめたミルは、大きく息を呑んだ。

「こ、これ……」

声を震わせて固まったミルに気づき、カッサムが紅茶のカップを持った手を止める。

「ん？　どうした？」

「これ……ど、毒花かもしれません」

「……なに？」

眉を寄せたカッサムの前で、ミルはケーキの欠片《かけら》を皿に戻し、フォークの先で崩してみた。生地に練《ね》り込まれて焼かれた花を、フォークで慎重に広げてみる。

赤い花弁の先がどれも二つに割れているのを見て、やっぱり、と真っ青になった。

「ま……間違いありません、これ、毒を持っている花ですっ」

「なんだって？　本当なのか？」

「間違いありません。以前、花の市場で親方に教えてもらったことがあるんです。食用のものにすごく似ているけれど、花弁の形がちょっとだけ違っていて……食べたら死ぬこともある猛毒だから、注意するようにって。この花のケーキ……これと同じものを、今、マハラジャたちも食べていらっしゃるのですか……っ？」

ミルは自分の言葉に震え、素早くその場に立ち上がった。

カッサムも息を呑み、同じようになにかに弾《はじ》かれたように立ち上がる。

「……なんということだっ」

「カ、カッサム様、早くマハラジャにこのことをお知らせしないと……いいえ、今すぐケーキを食べるのを止めないと大変なことになりますっ!!」

ミルはそう言うなり、ドアへ向かってダッと駆け出していた。

マハラジャが話していた、お茶会が行われているという二つ隣の部屋へ向かって全力で走る。

ミルの背後からついてきたカッサムが、廊下を走りながらその部屋の扉の前にいる守衛たちにミルを通すようにと叫んだ。

守衛二人が退くと同時に、ミルは扉をバタンッと大きな音とともに開け中へ走り込んでいた。

「マハラジャ……っ!!」

いつも会合に使われているのだろう部屋の先に、バルコニーとマハラジャたちの姿が見える。

ミルはその部屋に用はないとばかりに全速力で突っ切ると、十数人が大きなテーブルを囲んでお茶を飲んでいる広いバルコニーへと、開け放たれていた扉を抜けて飛び出る。

「ミル……？」

マハラジャの驚いた顔が見え、続けて、中央に例の花入りのケーキがあるのが見えた。

他のケーキといっしょに置かれたそれは、給仕の男の手で小皿に切り分けられ、今まさに皆に配られようとしているところだった。

「だ、ダメですっ。食べないでください、その花入りのケーキはダメですっ！」

マハラジャの席へ走って行き、必死の形相で訴えるミルに、お茶会に参加している全員がいっせいに注目する。

「ケーキ……？　なんだ、いったいどうした？」

マハラジャは紅茶入りのカップをソーサーへ戻した。

彼は、ミルのすぐあとに同じように走ってきたカッサムを見上げる。

「カッサム、お前までそんなにあわてて……なんの騒ぎだ？」

「も、申し訳ありません、突然……」

マハラジャのそばで立ち止まったカッサムが息を切らせ、真剣な顔で言った。

「ですが、ミルが、今日の花入りのケーキに練り込まれている花は毒花だと言うのです。食用のものとよく似ていますが、猛毒で、下手《へた》をすると命をなくしてしまうと……」

「……まさか」

マハラジャは眉を寄せ、カッサムとミルを交互に見る。

「今日の花入りのケーキは、この王宮でこちらの宰相殿に召し上がっていただくために特別に作らせたものだ。食材も、厨房での調理に関わった者も、厳密に管理されているはずで……それなのに、花が毒花に変えられているというのか？　そんなことが起こるとは思えない」

「私もそう言ったのですが……」

視線を揺らすカッサムとマハラジャに、ミルは叫んだ。

「でも、これは確かに毒花なんですっ！」

テーブルに手をつき、席に着いている十人近くの男性たちに言う。

「ぜったいに食べてはいけません！　どうか……どうか僕の言うことを信じて、どなたも食べないでください……っ！」

「……」

白い髭《ひげ》を生やしている一番威厳のある老人が、きっと隣国の宰相なのだろう。

彼は隣国から連れてきたらしい自分の家臣たちと顔を見合わせ、一言二言、こちらに聞こえないくらいの小声で言葉を交わした。

そして、ゴホン、と咳払《せきばら》いをし、テーブルの反対側に座るマハラジャの方を向く。

「マハラジャ、これはいったいどういうことですかな？　その者によれば、ここに出されている花入りのケーキに、毒花が混ぜられている……とのことですが？」

マハラジャはまだ戸惑ったように視線を揺らし、なにも答えずに黙っている。

「どうやら、少し取り込んでいらっしゃる様子ですし……毒花かどうかということも調査しなければならないでしょうから、我々はいったん部屋に下がらせていただきます。お茶会はまた改めて開くということにいたしましょう、それでよろしいかな？」

「いいえ、どうぞ、しばらくお待ちを」

隣国の宰相が席を立ちかけようとしたそのとき、マハラジャがすかさず制した。

「毒が入っているかどうか、これから私が食べて調べます」

「!!」

息を呑んだミルの隣で、マハラジャはテーブルに着いている者たちを真剣な目で見回す。

「隣国からわざわざ祝いに来てくださった方々に、私が毒入りのものを食べさせようとしたなと……そのようなことは、誓ってありません。しかし、このまま皆さんに退席されては、そのような疑惑を残してしまうことになるでしょう。宰相殿の国とわが国との信頼関係にもヒビが入ります。そのような事態を避けるため、私がここでこの花入りのケーキを食べます。そうして安全が確認できました場合には、皆さんもケーキを召し上がってください」

「し、しかし……」

宰相が困ったように白い眉尻を落とした。

「マハラジャが毒を盛ったなどとは思いませんが、本当に何者かがそのようなことをしたとしたら……そのケーキを食べるのは危険ではないですか？　猛毒を持つ花が入れられているようですし、マハラジャのお命にも関わるのでは……」

「構いません」

マハラジャはきっぱりと言う。

「万が一、この王宮で働いている者のうちの誰かが、このケーキの花を毒花に差し替えたなどということがあったとしたら、それは私の責任です。王となる私の監督が行き届かなかったことの結果ですから、その報《むく》いで命をなくすことになってもそれは仕方がありません」

「い、いや……しかし、そこまでしなくても……」

「いいえ、これは国同士の信頼に関わる問題です。このまま、なにもはっきりとさせず、何事もなかったことにはできません」

その場にいた全員が黙り込み、ミルの中で焦りが高まった。

(マハラジャが、この花のケーキを食べる……?)

とんでもないと思ったが、そうしなければならない彼の立場も分かった。

毒が入っていなければ、それでよし。

もし、毒が入っていてマハラジャが苦しみ命をなくすことになったとしても、マハラジャが自ら毒入りの花のケーキを口にしたことで、それが毒入りのものだと彼も本当に知らなかったのだと……彼自身の命も何者かに狙われていたのだと証明することができる。

そうすれば、マハラジャが隣国の宰相に毒を盛って殺そうとしていた、などという最悪の誤解を招く事態だけは避けられるだろう。

ここでケーキを口にするのを躊躇したら、隣国の宰相は、マハラジャが毒を入れた犯人と関わりがあるのかもしれない、と疑惑を抱くだろう。そうした疑いの気持ちのままで国に帰られたら、マハラジャの言ったとおり、隣国との信頼関係にヒビが入ることになる。

話がこじれれば、この先、戦争にも発展しかねない。

自国を守るために、マハラジャは今、皆の目の前で、ケーキを食べなければならないのだ。

(だ、だけど……このケーキを食べたら大変なことになる。これを食べたら、マハラジャは死んでしまうかもしれなくて……っ！）

マハラジャが給仕の男から、切り分けられたケーキの載せられた小皿を受け取る。

皆が固唾《かたず》を呑んで見守っている中、マハラジャがフォークでケーキの欠片を突き刺して口に運ぼうとしたその瞬間、ミルは思わず声を上げた。

「ま、待ってください……っ!!」

動きを止めたマハラジャの前に置かれた皿から、サッと残りのケーキをつかみ上げる。

「僕が……僕が食べます、マハラジャの代わりに!!　この花のケーキに毒の花が入っていると言い出したのは僕です、だから……っ!!」

「な……」

驚愕《きょうがく》に張り裂けんばかりに目を見張った、マハラジャとカッサム。そして呆然としている隣国の宰相たち一行の前で、ミルはケーキを口に押し込んだ。

「ミル……っ!?」

甘い味付けのそれを、モゴモゴと頬張る。

強張った顔のままで口の中のケーキを少し飲み下し……数秒後、急に気持ち悪さが込み上げてきたミルは、口の中に残っていたそれを吐き出した。

「うぇ……っ」

あまりの気分の悪さに震えて立っていられなくなり、その場にガクリと膝をつく。

床に手をつくと、クラクラと目眩を感じる。ミルは次の瞬間、ギュッと眉を寄せ、バルコニーにばったりと横向きに倒れていた。

「おい、ミル、ミル……っ!!　しっかりしろ、おい……っ!!　カッサム、医者だ、今すぐ医者を呼んで来いっ!!」

ぼんやりと薄れゆく意識の中で、マハラジャが自分の肩を揺すって叫んでいるのが聞こえた。

◇

意識が戻ったとき、見覚えのない部屋の天井が見えた。

薄く目を開け、大きな白いそれを見上げたミルは、自分がふかふかの気持ちのいい寝台に寝ていることに気づく。

ここは？　とぼんやりと考えたところで、視界がマハラジャの顔で覆われた。

「ミル、気づいたのか。よかった……」

寝台の脇に立ったマハラジャが、ミルの顔を覗き込んでいる。

「あ……」

顔に安堵の色を広げたマハラジャに、ミルは視線を揺らしながら訊ねた。

「僕……どうしたんですか？　ここは……？」

「俺の寝室だ。お前は俺の代わりに毒の花入りのケーキを食べて……丸二日間も、熱を出して眠っていた。もしかしたらこのまま死んでしまうかもしれないと、本当に心配したぞ」

「二日間も……?」

ミルはバルコニーでケーキを口に押し込めた自分の行動を徐々に思い出した。

そういえば、今も少し気分が悪い。胃から胸にかけての辺りがムカムカして全身が寝台に沈み込みそうにだるいから、まだ熱があるのだろう。

「お前が倒れたあと、俺の寝室へ運んで……途中、三、四回起こして、水といっしょに医者が処方した解毒剤を飲ませた。覚えているか?」

「……いいえ」

首をわずかに横に振ったミルに、マハラジャはあのあとの成り行きを教えてくれた。

マハラジャが命じて調べさせたところ、厨房にはお茶会に出されるはずの食用の花入りのケーキが残されていたという。

つまり、誰かが、花入りのケーキそのものを毒花入りのものと取り替えたのだ。

その者を必ず捕らえ罰するということを約束して謝罪したところ、隣国の宰相の一行は、今度の件については事を大きくしないと言ってくれた。

宰相は怒るどころか、誰も分からなかった毒花のことを教えて危険を防いでくれたからと、ミルに礼を言いたいとまで言っているという。そして、マハラジャがミルの容態がよくなったら再びお茶会をしたいと申し入れたところ、それも快《こころよ》く承諾してくれたとのことだ。

「よかった……じゃあ、今度のことで隣国との関係が悪くなったり戦争になったり……そんなことにはならないんですね？」

「ああ、お前のおかげだ」

敷布の上でギュッと手を握られたミルは、身体の辛さがふっと軽くなる気がした。

「僕はなにも……」

「とにかく、お前が目覚めたことを医者に知らせてくる。診察をしてもらおう」

マハラジャが部屋を出て行き、しばらくして戻ってくる。

彼は医者とカッサムとマルアを連れていた。

医者に診てもらったところ、ミルはもう命の心配はないとのことだった。あと三、四日ほど休めば元通りになるだろう、と医者は言い残して部屋を出て行く。

カッサムも、ミルの中庭での仕事を他の出入りの庭師に代わってもらえるように手配しておいたと言って、去って行った。

最後に、マルアがサイドテーブルの上に置かれていた洗面桶を持って出て行き、中の水を冷たいものに替えてきてくれた。

彼女が去ってしまうと、マハラジャが寝台のすぐそばに寄せた椅子に座る。

「お前が快復へ向かっているようでよかった。俺のために、こんな目に遭《あ》わせてすまない」

申し訳なさそうな目をされて、ミルは微笑みを返した。

「いいえ、そんな……あれは僕が勝手に出過ぎたことをしてしまっただけです。それに、少しでもマハラジャのお役に立てたなら……すごくうれしいです」

「ミル……そんなふうに言ってくれるな。お前をこんなに苦しめることになってしまった俺を、もっと責めてくれ……」

マハラジャは切なそうに顔を歪める。

「お前は本当にやさしい。これ以上お前のことを好きにさせて、どうするつもりだ？」

「マハラジャ……」

ミルは頬を染め、視線を逸らして部屋の中を眺めてみた。

マハラジャの寝室に入るのは、これが初めてだ。

美しい草模様が彫刻された壁の柱、金箔で飾られた天蓋《てんがい》付きの寝台やサイドテーブル。

部屋の中はどこを見ても趣味がよく、マハラジャの自室らしい豪奢な雰囲気に溢れていた。

南側に取られた大きな窓の外は、バルコニーになっているのだろう。

日当たりがよいそこは涼しい風が入るように開けられて、ミルの体調を気遣ってか、あまり強い日光が差し込まないように白い清潔な印象のレースのカーテンが閉められている。

ミルはふと、サイドテーブルの上に置かれた洗面桶に目を留めた。

先ほどマルアが水を替えてきてくれたけれど、目覚めたときこの部屋にいたのはマハラジャだけだった。

ということは、彼が自分をずっと看病してくれていたのだろうか……？

「あの……もしかして、マハラジャ……ずっとついていてくれたんですか？」

目を上げると、マハラジャが頷く。

「そうだ」

「す……すみません、こんな……戴冠式も近くて、マハラジャご自身も王宮の皆さんもお忙しいときに、僕の看病なんてしていただいて……もう大丈夫なので政務にお戻りになってください」

「なにを言う？　お前はこの国も俺の命も救ってくれた。看病くらいするのは当然のことだ。礼として、気のすむまでお前を看病させてくれ」

深く頷いたマハラジャの言葉をうれしく思う一方、ミルは心配になった。

「あ……でも、僕がこのマハラジャの寝台を使わせていただいていたのでしたら、マハラジャはどちらで眠っていらっしゃったのですか？」

「ああ、隣の居間からソファを運ばせて寝ていた」

椅子に座ったマハラジャが笑顔で顎をしゃくった先に、横長のソファが見えた。

「えっ、そ、そんなところで寝ていらっしゃったのですか……っ？」

「いいんだ。どうせ、お前が苦しんでいるときに俺はぐっすり眠れそうになかったし……お前のそばにずっとついていられたし、ちょうどよかった」

マハラジャは微笑み、ミルの額にかかった髪をやさしく掻き上げてくれる。

「ミル、なにか食べられるか？　医者が栄養のあるものを少しずつでいいから食べた方がいいと言っていたんだが……」

「は、はい。少しだけなら……」

マハラジャは、少し前にマルアに持って来させておいたという食事が入った器《うつわ》をサイドテーブルの上から手にした。

米を蜂蜜でやわらかく煮込んだお粥《かゆ》で、栄養もあって、弱った身体によいという。

ミルは彼に手伝ってもらって、寝台の上にゆっくりと身を起こした。硝子《ガラス》の器に入れられたそれを、マハラジャが小さな銀のスプーンでミルの口に運ぶ。

「味はどうだ？」

「甘い……です、美味しい。蜂蜜なんて、初めて食べました」

マハラジャは何度もスプーンでお粥を口に運んでくれ、甲斐甲斐《かいがい》しく世話をしてくれた。

食事が終わると、食器を戻してミルの頬をそっと右手で包んだ。

「ミル……花入りのケーキを毒の花入りのものにすり替えた者は、必ず見つける。お前をこんなふうに苦しめた奴を、俺は許さない。今、王宮内で調査を進めているところだ。ぜったいに見つけて相当の罰を与えると誓うから、それまで待っていてくれ」

マハラジャは切なそうに言って口を結んだあと、ミルを促す。

「さあ、もう少し眠れ。あまり起きていては身体に障る」

彼はミルの身体を支えながら、再び寝台に仰向けに寝かせてくれた。

薄い布団でミルの肩を覆い、額に口づけてくる。

「マハラジャ……」

「早くよくなってくれ。お前が元気になったら、またいっしょに中庭を散歩しよう」

額に唇のやわらかさと彼のやさしさを感じたミルは、ふわっと全身に安心が広がる気がした。

それから三日後の夕刻。

マハラジャの寝室で眠っていたミルは、自分の頭の上で男が話している声を聞いたような気がした。それでも、うとうとと眠り続け、しばらくして、パタン、とドアが閉まる音がしたとき、ようやくハッと目を開けた。

(今、近くでゴア様の声がしたような……?)

寝台の上でギクリとし、耳を澄ませる。部屋の中も、隣にある居間も、その外も……マハラジャの部屋の周りはシンと静まり返っていて、人がいる気配はしない。

(あ……誰もいないみたいだ。今のは聞き違いだったのかな? そうだよね、僕がマハラジャのお部屋でこうして寝ているのを見たら、ゴア様がなにも言わないわけがない。きっと今すぐクビだって言って、僕を王宮から追い出すはずだ……)

自分がマハラジャと会ったり口をきいたりしているのをゴアに知られたらどうしよう、と常に心配しているから、彼の声が空耳として聞こえたのだろうか。

ミルはため息を吐き、ふと自分の手が誰かに握られているのに気づいた。

手元の方へ目を遣ると、マハラジャがミルの手を握ったままで掛け布団の上に突っ伏して眠ってしまっている。

(あ……マハラジャ、僕の手をずっと握っていてくれたんだ……?)

しっかりと自分の手を握っているマハラジャ。夕日に金髪を赤く光らせている彼の、端整な顔立ちと閉じられた目元の彫りの深さの美しさに、ミルはぼんやりと見惚れた。

幼い頃、寺院の前で母親に離されてしまった手。

行かないで、と呼び止める間もなく、まさか自分が捨てられるなどとは思ってもおらず、悲しさに涙してすがることさえできないまま、一方的に離されてしまった。

その手を、今、マハラジャが握ってくれている。

自分のことを好きだと言って、毒で弱った身体を心配してくれて……どこにも行かせない、二度と離さないとでも言うかのように、強く力を込めて。

(僕のような身分の者に、こんなふうにしてくださるなんて……)

マハラジャの手の力強さを感じたら、不意に心が大きく揺さぶられて涙が溢れてきた。

(マハラジャ……)

握られた手をギュッと握り返したミルの胸は、甘く熱いものでいっぱいになった。

5. 初夜

王宮の五階の窓から、遠くの町に沈んでいく大きな夕日が見えた。

赤く染まった自室の居間にマハラジャが戻ってきて、ソファに座ってケーキを食べていたミルはパッと笑顔になって立ち上がった。

「マハラジャ、おめでとうございます」

ドアを閉めたマハラジャは、儀式用の絹服を身につけている。いつもの立て襟《えり》の服も充分に上等なものだが、今日はさらに正装をしていた。

背の高い男らしい身体に沿う、織り模様の入った長い上着。

夕日を浴びて美しい光沢を放つその服や、大きな宝石の飾りがいくつもつけられた白いターバンが、彼の煌《きら》めく金髪と濃い肌色によく映えている。

今日は、マハラジャにとって特別な日だった。

ミルがマルアから聞いたところによると、新しいマハラジャに就任するラシュは、父王から次期マハラジャとして指名されたあと、戴冠式《たいかんしき》の十日前、つまり今日、この王宮の敷地内にある寺院に参拝し、そこに祀《まつ》られている先祖の霊に自分が次期マハラジャとなる旨《むね》を報告しなければならないことになっている。

そして十日後、戴冠式を終えれば、正式なマハラジャとして認められる。

マハラジャは午後からその報告の儀式を家臣たちとともに執《と》り行い、無事に終えて帰ってきたところだ。

「マハラジャ、大事な儀式を終えられてお疲れではありませんか？」

「いや」

マハラジャは微笑《ほほえ》みながら服の立ち襟に指を入れ、少しそこを広げてみせる。

「実は、まだ今日の儀式は完全には終わっていないんだ。これから一晩かけてしなければならないことがある。だから、この窮屈な服はまだ脱げないというわけだ」

「そうなんですか……」

「午後から儀式をしていた寺院は池の中にあるんだが、その池で、俺は日が沈んでから一人で沐《もく》浴《よく》をしなければならない。そのあと、池のそばの建物の中で一晩過ごさなければならないことになっている」

王宮やマハラジャの行う儀式や決まり事は、庶民のミルには遠い別世界のことに感じた。

「……花入りのケーキを食べていたのか？」

ミルのそばに近づいてきたマハラジャがソファに座り、テーブルの上の皿と紅茶のカップを見て微笑みかけてくる。

「味はどうだった？」

「花の味がほんのりして、甘くて美味《おい》しかったです。マハラジャの今日の儀式のお祝いに焼かれたものだって、マルアさんが教えてくれました。ずっと食べてみたかったので、うれしいです」

ミルは彼の隣に、少し遠慮しつつ座った。

マハラジャはミルの顔をじっと見つめ、そっと頰《ほお》に触れる。

「だいぶ顔色がよくなったな、よかった」

「はい、もうすっかりよくなりました。それで……いつまでもここでお世話になるわけにもいきませんし、明日には家に帰ろうと思っています。中庭の方も、他の人が世話をしてくれていますけど、気になるので早く仕事に戻りたいですし……」

ミルが毒の花入りのケーキを食べてから、今日で一週間経《た》つ。

二日ほど毒のために朦朧《もうろう》としていたミルだが、その後は順調に快復し、五日目にはフラつくことなく歩けるようになった。

すぐに家に帰っても一人では食事の用意などで不自由するだろう、もう少し体力をつけてから帰ったらどうだ、とのマハラジャの言葉に従い、それからも二日ほどこのマハラジャの部屋で過ごさせてもらった。マハラジャをソファで寝かせるのは耐えられなかったので、寝台をもう一台運び入れてもらい、寝室でいっしょに寝ていたのだ。

でも、もうさすがに、そうやってマハラジャに甘えることはできない。

「ずっとここで暮らせばいいのに。どうして帰ってしまうんだ?」

「マハラジャ、僕はずっとここで暮らすことはできません……」

ミルが困って眉尻《まゆじり》を落とすと、マハラジャがため息を吐《つ》く。

「そうだな……お前が帰らないと、孤児院の子供たちが寂しがるだろう。だが、お前といっしょに過ごしたこの一週間ほどは本当に楽しくて……ここからお前がいなくなったら、俺もとても寂しくなるんだ、そのことを分かっておいて欲しい」

「マハラジャ……」

甘いものが滲《にじ》んだマハラジャの灰色の目に、ミルはぼんやり見惚《みと》れてしまった。

「しかし、そうすると、今夜がお前といっしょに過ごせる最後の夜ということになるな。それなのに、俺は儀式で一晩ここからいなくなる。今夜、お前と離れていなければならないなんて……本当に残念だ」

マハラジャはミルをじっと見つめたあと、ふと気づいたように言う。

「そうだ、ミル……お前、俺の今夜の儀式に付き合ってくれないか？　俺の泊まる寺院のそばの建物で、いっしょに明日の朝まで過ごそう」

「えっ？」

あまりに急な提案に、ミルは息が止まるかと思った。

「で、でも、今夜のそれは……マハラジャになられるための大切な儀式の一部ですよね？　それに僕がついて行ってもいいのですか？」

「俺は今夜の儀式を手伝う者として、従者を一人だけ同行させていいことになっている。カッサムにその役目を頼んであったが、お前と交替してもらうことにしよう」

マハラジャはいい方法を思いついたと言わんばかりに、乗り気な様子で言う。

「そうすれば、朝までお前といっしょにいられる」

「ですが……」

「いいじゃないか。お前はもう明日には家に帰ってしまうんだろう？　そうなったら俺はとても寂しくなる。せめて今夜は、俺に付き合って過ごしてくれ」

懇願するように言うマハラジャの強引さに押され、ミルは頷《うなず》くしかなかった。

「は、は……い、マハラジャがそうおっしゃるなら」

「よし。それじゃ、さっそくカッサムに、今夜お前と二人で泊まれるように手配させよう」

マハラジャはソファを立ち、ミルを温かな眼差《まなざ》しで見つめる。

「俺はこれから夜の儀式の準備をする。少し席を外すが……日が沈んで夜になった頃には呼びに来るから、すぐに出かけられるようにしておいてくれ」

「はい……」

ミルは微笑んで頷き、部屋を出て行くマハラジャを見送った。


篝火《かがりび》が一定間隔で焚《た》かれた王宮の夜の庭を、マハラジャといっしょに進んで行く。

平らな石の敷かれた歩きやすい道を南の方角へ向かって歩いて行くにつれ、次第に周りから建物が消えていった。南国の深い緑に囲まれた、寂しい雰囲気になってくる。

月明かりと篝火を頼りにさらにしばらく奥へ進むと、敷地内の南端にある寺院へ着いた。

入り口は、幅広な十段ほどの石の階段の上にある。

守衛が二人立っている門扉《もんぴ》の前に大きな篝火が燃えていたけれど、足元は少し薄暗い。気をつけなければ転んでしまいそうだった。

本当に、自分がマハラジャの今夜の儀式に同行してもいいのだろうか。

心配してドキドキしているうちに、守衛たちが重そうな門扉を開けてくれ、ミルとマハラジャはそこを通って寺院の中に入った。

ここから先は、マハラジャと二人きりだ。

奥まで延びる真《ま》っ直《す》ぐな石畳の道に出迎えられて、ミルはゴクリと唾を飲み込んだ。道の両側に、象や神々が精密に彫られた石の塀がずっと続いている。

(なんだか、緊張する……)

この寺院は、建国のときに王宮とともに造られた寺院だ。先ほどここに来るまでの道すがらマハラジャから聞いた。

創建からの歴史の長さからくるのだろう、厳《おごそ》かで重厚な雰囲気に圧倒されながら歩いて行く。

道の突き当たりに辿《たど》り着くと石畳の広場があった。

その端から、幅広の十段ほどの階段で池に下りられるようになっている。

近づいて見てみると、池は暗闇の中で端がどこにあるのか分からないほど大きかった。夜空に高く昇っている月が、その表面に黄色い一筋の光の道を揺らしている。

遠くに、寺院のものらしい塔がいくつも暗い影のように浮かんで見えた。

「あれがマハラジャのご先祖が祀られている寺院なんですね……」

「水の中に建てられているんだ、めずらしいだろう？　今日の午後はあそこへ船で渡って、いろいろな供え物をした。それで、俺がこれから沐浴をして泊まるのはあの建物だ」

マハラジャが目で指した方向に、平屋の建物があった。

ミルは彼に促《うなが》され、いっしょに扉を開けて中に入る。

王宮の建物よりはずっと簡素な造りだが、派手すぎず上品な内装で、寺院に併設された宿泊所としてはむしろ相応《ふさわ》しいと思える。

美しい花々で飾られた入り口を抜けると、二間続きになった大きな部屋があった。

マハラジャが泊まるための部屋だ。手前が居間になっており、そこで食事をしたりくつろいだりできるようになっている。奥の寝室には、広い空間に低く大きな寝台が置かれており、天井から白い目隠しの布がその頭部を覆うように垂らされていた。

寝室は池に面しており、突き当たりの壁一面が引き扉になっている。そこが開け放たれているため、流れ込んでくる風で寝台の目隠しの布がゆらゆらと揺れていた。

マハラジャが寝室の突き当たりまで歩いていき、すぐ外から水面まで続いている石畳《いしだたみ》の階段と、その先に広がっている池を眺めた。

「ここでこれまでのマハラジャたちも沐浴をし、先祖の祝福を受けてから戴冠式に臨《のぞ》んだ。もちろん、俺の父も若い頃、同じようにしたと聞いた」

彼はそばに立ったミルに視線を戻してくる。

「お前と二人きりで夜を過ごせるなんて、楽しみでたまらないな。ここなら誰の目もないし、お前と自由に振る舞える」

「あの……でも、マハラジャは儀式をしないといけないんですよね……？」

「ああ、そうだ」

マハラジャは引き扉の脇に用意されていた籠《かご》の中から、沐浴後に身体を拭《ふ》くための大きな布を手にした。

「沐浴は早く終えてしまって、あとはお前と二人でゆっくり過ごそう。カッサムに言って、ここにお前の分の飲み物や食べ物も運ばせておいたから」

彼の言うとおり、先ほど通ってきた居間の方や、寝室の寝台のそばに置かれた絹布を被《かぶ》せられた低いテーブルの上に、美味しそうな果物や飲み物が用意されていた。

「……というわけだから、俺が身体を清めるまでちょっと待っていてくれ」

マハラジャが外へ出て行くのに、ミルもついて行く。

彼は階段の上で立ち止まってそこに手にしていた布を落とし、服を脱いでいく。

宝石のついたターバンまで解いた彼は、引き締まった裸体をさらした。

ミルの前に全裸をさらしても、少しも照れることもない。マハラジャは十段ほどの幅広の階段を下って、腰の辺りまで深さのある池に足から浸《つ》かった。

「あ……」

ミルは階段の一番上に座り、沐浴の様子を見ていた。

黄色い月明かりを浴びたマハラジャの全身。男らしい筋肉のついた肩から胸、腰までが水に濡《ぬ》らされ、濃い色の滑《なめ》らかな肌がなおさら色っぽく見えた。

（どうしよう。マハラジャの裸を見るとすごくドキドキする……）

池の中で自らの肩に水をかけ、身体を清めているマハラジャ。見つめていると、ドキドキと胸が高鳴り……自分の全てが彼に惹《ひ》かれていくような気がした。

（マハラジャ……マハラジャのことを好きになっている……のかな？）

見惚れているうちに、きっとそうだ、と確信の気持ちに変わる。

（僕、マハラジャのことが好き……なんだ。どうしよう、こんな……すごく身分違いなのに、好きになっている……なんて）

一人で頬を染めているミルの元へ、マハラジャが階段を上がってきた。

月明かりの下で全身から水を滴《したた》らせている彼は、ミルのそばにあった大きな布を拾い上げ、それで身体をざっと拭き始める。

ミルは直視するのが恥ずかしくて、ずっと目を逸《そ》らして池の方を見ていた。

身体を拭き終えたマハラジャが、局部を布で隠してミルの隣に腰を下ろす。

「これで、俺は祖先の霊から祝福を受けたことになる。花の精からの祝福も、もらえるか……？」

顎《あご》をつかまれたミルは、ドキリとする。

「あ……」

戸惑いに視線を揺らしたときには、ミルの唇はマハラジャの唇に塞《ふさ》がれていた。

軽い口づけを奪っただけで、それはすぐに離れる。

「ミル……中へ入ろう」

灰色の目に見惚れていたら、その場から抱き上げられた。

彼の胸でびっくりしているうちに、ミルを横抱きにしたマハラジャは階段から寝室に入り、ミルを大きな寝台にやさしく下ろした。

「マハラジャ……」

やわらかな寝台に背中が沈む。

伸《の》しかかってきたマハラジャの胸から、彼と水の匂《にお》いがした。室内に灯《あか》りはないけれど開いた引き扉から月明かりが差し込んできて、マハラジャの目も精悍《せいかん》な頬もよく見える。

「ん……」

ミルと身体を重ねた彼が、唇を奪う。

唇を吸って、熱い舌を絡め合わせて……何度も口づけを繰り返され、愛撫《あいぶ》される。

口を合わせたままで、従者のふりをするために着替えた上着を脱がされた。マハラジャの手で下半身を覆っていたものも全て脱がされるのに、ミルは大人しく身を任せていた。

マハラジャも服を脱いで裸同士になると、両手首を頭の横で敷布に縫い止められた。

「……どうして嫌がらない？」

動きを止めた彼に、愛と欲情の滲んだ灰色の目で見下ろされる。

「いいのか？　このままだと、俺はお前を抱いてしまう」

「マハラジャ……」

「お前の嫌がることはしたくない。お前に嫌われたくないんだ。だから、俺にこんなことをされるのが嫌なら、今すぐに抵抗してくれ」

ミルは口を結び、彼から目を逸らした。

数秒後、自分の中で決心を固めて、再びマハラジャをしっかりと見上げる。

「て……抵抗しないのは、嫌じゃないからです。僕が……マハラジャを、す、好きだから……」

言っている最中に、胸が高鳴って心臓が潰《つぶ》れそうになった。

(い……言ってしまった。僕の気持ちを……)

マハラジャがミルの手首を敷布に押しつけたままで、見下ろしてくる。

お願いだから、早くなにか言って欲しい。不安と恥ずかしさとが混ざって渦を巻き、ミルの胸はぐちゃぐちゃになっていた。

「俺のことを好き……?」

落ち着いた声音に、ミルは羞恥《しゅうち》に震える声で返す。

「は、はい」

「……それは本当なのか?」

頷くと、マハラジャがミルの手首をそっと離す。彼はミルの手のすぐそばに手をついて自分の身体を支え、ミルを間近からじっと見つめた。

「この前言っていた……敬愛とか、そういう意味ではなくて……か?」

「ち、違います。そういうんじゃなくて、マハラジャのことが……こういうことをされても嫌じゃない、って思うように好きなんです」

ミルが気持ちをさらすと、しばらく黙り込んだマハラジャが再び口を開く。

「……だが、以前、中庭で俺が触れたとき……お前は逃げ出してしまった。だから、俺が想うようには、お前は俺のことを想ってくれていないんだと思っていた」

「まだ、あのときはこんな気持ちじゃなくて……」

「じゃあ、いつから俺を好きになってくれた？　こんなふうに俺が触れても嫌じゃないと思うようになったのは、いつからだ？」

うかがうような目で見つめられたミルは、恥ずかしさをこらえつつ答えた。

「マハラジャのことを、最初にお会いしたときから素敵な方だと思っていて……きっとその頃から好きだったのかな……とも思いますけど、でも、こういう気持ちで好きになったのは……マハラジャが僕のような者の看病をしてくださったときだと思います。あのとき、起きるとマハラジャがいつもいてくださって……そうすると心細さがなくなって、うれしくて……」

「看病をしている俺のことを好きになってくれたのか？」

まじまじと見つめられて、ミルは小さく頷く。

「た、多分、そうです」

「俺のために毒の花入りのケーキを食べたお前を俺が看病するのは、当たり前のことだと思っていた。こんな効果は考えなかったが……うれしい誤算だったな」

「あっ、あ、あのっ、分かっています。マハラジャがそういうつもりで僕の看病をしてくださったんじゃないってことは。で、でも、僕はマハラジャが手を握ってくださっていたとき、とてもうれしくて。独りぼっちじゃないような気がして……」

「いや、本当は……俺には、そういった下心も少しはあったかもしれない」

金髪の間に見えるマハラジャの灰色の目が、照れくさそうに細められた。

「ただ、あのとき、お前が目を覚まして無事だと分かるまでは、本当に……心から、お前の命が無事であるようにとそればかりを祈っていた。お前の命が助かるなら、俺の命を差し出してもいいとさえ思えたんだ」

「そんな……」

ミルがまた恥ずかしさに頬を染めると、彼の顔が近づいてくる。

「ミル……」

「あ……」

甘い口づけを落とされて、触れ合った唇が熱く溶けてしまうかと思う。

「いつ、どんなふうに好きになってくれたのでも構わない。お前が俺を好きになっていると聞いて、たまらなくうれしい」

「マハラジャ……」

「俺もお前のことが好きでたまらない。誰にも渡したくない……」

マハラジャはミルの口に舌を差し込み、深く長い口づけをする。

口の中を濡れたやわらかな舌で舐《な》め回されて、ミルの頭はぼんやりとし、熱くなってきた身体からゆっくりと力が抜けていく。

「ん、ぅ……」

「お前を他の誰にも触れさせたくない」

唇を、ちゅっ、と唾液の音を立てて離される。

ミルは息を弾《はず》ませ、彼を見上げた。

「あの、僕……」

「ん？」

「僕、その……これから、どうすればいいのか分かりませ……ん。マハラジャの望まれていることをできないんじゃないかと、心配で……」

緊張に膝《ひざ》を震わせ、眉尻を落とす。

そんなミルの首筋に、マハラジャは愛しそうに微笑んで唇をつけた。

「お前は……本当に初々《ういうい》しくて可愛らしい」

震えているミルの首の付け根を舌と唇で愛撫し、彼はおもむろに身を起こす。

「大丈夫だ、全て俺に任せておけばいい」

そう言って、寝台の脇にある飲み物や果物が載せられた低いテーブルへ手を伸ばした。そこからコップくらいの大きさの、縦長の水差しに似た容器を手にした。

「あ、それは……？」

マハラジャがその銀色の容器を傾け、中身をトロトロとミルの胸の上に垂らす。

「安心しろ、これは蜂蜜だ」

ねっとりとした液体が、ミルの胸から腹にかけて回しかけられた。

「蜂蜜……」

「こうするんだ」

マハラジャが容器をテーブルに戻し、身を屈《かが》めてペロッとミルの胸についた蜂蜜を舐め取る。

彼は顔を下へと移動させて行き、ミルの薄い脇腹や臍《へそ》の辺りに溜《た》まった蜂蜜を、音を立てて強く吸い上げる。

肌がいっしょに吸われて、ミルの全身にゾクッと快感の震えが走った。

「マ、マハラジャ……っ?」

ミルは肩を緊張させ、自分の腹の方を見る。

マハラジャがミルの脚の付け根を舐めながら、目だけで見上げてきた。

「この前、お前の看病をしていたとき……蜂蜜入りの粥《かゆ》を食べさせていただろう? あのときお前が蜂蜜を甘くて好きだと言っていたから、今夜もカッサムに言ってここに用意させておいたんだ。もっとも、蜂蜜を食べるのはお前じゃなくて俺になってしまったわけだが……」

マハラジャが蜂蜜を吸い上げるたび、ぴちゃぴちゃと音が立つ。敏感になっている胸から腹にかけての肌を彼の舌になぞられて、ミルはくすぐったくてたまらなかった。

「カッサムも、まさか蜂蜜をこういうことに使うとは思わなかっただろう」

「そ、そうだといいんですけど……恥ずかしいので」

声を羞恥に震わせて言うと、マハラジャは楽しそうに笑う。

身を起こし、ミルの顔の方へ上がってきて唇を重ねた。

「ミル……お前のために用意させた蜂蜜だ。せっかくだから、味を見てみろ」

「ん……っ」

突き出した舌同士を絡めると、甘い蜂蜜と唾液の味が口の中で混ざる。

お互いの口の中をむさぼるような接吻《せっぷん》を終えたマハラジャが、熱い吐息とともに唇を離した。

「どうだ?」

「……すごく、美味しい……です」

口の粘膜がジンと痺《しび》れ、理性がトロリと蕩《とろ》け、消える気がした。

身体の芯に甘美な余韻《よいん》を残しているものが、濃厚な蜂蜜の味なのかマハラジャの巧みな口づけなのかは、分からないままだ。

「お前の身体のどこもかしこも、蜂蜜味にしてやる」

マハラジャが再び蜂蜜入りの容器を手にし、今度はミルの太腿《ふともも》や膝頭《ひざがしら》に中身を垂らす。

「そんなことをしたら、敷布が汚れてしまいます……」

「構わない」

彼は容器をテーブルに戻すと、ミルの太腿の蜂蜜を吸った。

その唇が、少し立てさせられた膝頭へと下り、足の方へ向かう。不意に足首を持ち上げられてミルの足の親指がマハラジャの口に含まれた。

「あ……ゃっ」

ちゅっ、と音を立てて強く吸われる。親指の頭から付け根までを、唾液に濡れた舌で、ぴちゃぴちゃと愛撫するように舐め回された。

「ん……っ」

背中を這《は》い上がる快感に、ミルは敷布の上で身を反らせた。

舐められているのは足の指のはずだ。それなのに、まるで身体の一番感じる中心に舌を這わされているみたいに、ミルのものがズキズキと甘く疼《うず》き始める。

「感じているのか？」

足の指を口から離したマハラジャが、再び身体を重ねてきた。

彼はミルの勃《た》ち上がりかけているそれをゆっくりとやさしく上下に扱《しご》く。骨太な指の滑りのよさから、自分のものがしとどに濡れているのが分かった。

「ミル、気持ちよくなっているんだろう？」

「……っ」

芯を持って完全に勃ち上がった性器を見つめられて、ミルは恥ずかしさに視線を揺らした。

「お前が感じてくれているなら、俺はうれしい」

感じているという状態がどういうものを指すのか、はっきりとは分からない。

けれど、ミルは今、全身が甘く痺れて、敏感になって……気持ちよくて息が上がっている。

身体の奥から熱いものが込み上げ、頭の中もぼんやりと熱くなって、マハラジャになにをされてもいいような気分になっている。

これがマハラジャの言う『感じている』という状態なのだろうか。

「お前の身体は、どこも甘い」

月明かりの差す部屋に、怖いくらいの夜の静寂が落ちている。

マハラジャの声が……その舌がミルの腹に這わされて蜂蜜を舐め取る音がいやに響いて、ミルを淫猥《いんわい》な気持ちにさせる。

「ここも……」

蜂蜜まみれの太腿を持たれて、曲げた膝頭をぐっと胸の方へ寄せられた。

露《あら》わにした谷間の奥に、マハラジャの熱い息がかかる。顔を埋めた彼の舌に、窄《すぼ》まりをペロリと舐められて、ミルは折り曲げた下半身をビクッと震わせる。

「あ……マ、マハラジャ、そんなところ……」

入り口を割って中に入ろうとする舌に、ミルは目を見張った。

「お、おやめください。そのようなところに触れるなど……」

「大丈夫だ。お前のここにも蜂蜜が垂れて……とても甘くなっている。それに、お前と愛し合うためにはここをほぐしておく必要がある。だから、こうさせてくれ」

「あ、あぁ……っ」

舌でそこの肉を割り広げられたミルは、身体の脇で敷布をギュッと握った。

「ここに俺のものを入れるんだ。分かるか？」

「マハラジャのもの……を？」

ミルは全身にじっとりと薄い汗を浮かせ、荒い息に混ぜて問う。

マハラジャのもの、というのが彼の雄《オス》のことだと分かった。

男女の行為は経験がないものの、なんとなくぼんやりと知っている。だから、入れると言われて……それと同じような行為を男同士の自分たちもするのだろうと想像がついた。

(でも、僕とマハラジャがそんなことを……？)

行為そのものにというより、マハラジャと自分がということに衝撃を受けた。

だって、そんなのは身分違いもいいところで……。

「あ……っ？」

窄まりの中のやわらかな肉を舐めてほぐす、マハラジャの舌。熱いそれが離れたかと思うと、代わりに今度は長くて硬いものが奥深くまで押し込められた。

ぐっと中で曲げられて、彼の指だと気づく。

「ん、ん……っ」

「俺のものを入れて、こんなふうに動かす」

マハラジャは長い指を滑らせるようにして、窄まりの中でそれを繰り返し前後させる。ミルの奥を突き、敏感な内側の粘膜を指先で抉《えぐ》るようになぞった。

「あ……あ、あっ」

ミルは窄まりから広がる快感に喉《のど》を仰《の》け反らせる。

マハラジャは指を突き込む動作を速め、入り口の辺りで上下に大きく揺らして、そこを広げようとする。

性器の挿入《そうにゅう》を模した激しい指での愛撫だけで、ミルは放出してしまいそうだった。

「や、や……ぁ、あっ……んんっ」

快感に甘く喘《あえ》ぎ、自分の限界を伝える。

「は……恥ずかしいです、マハラジャ……も、もうやめて……ください」

「ほら、お前の中はベトベトだ。見えるか……？」

ずるっ、と引き抜いた指を、彼がミルに見えるように上げる。

傍らの開けっ放しの引き扉から差し込んでくる黄色い月明かりで、彼の手が手首の辺りまで蜂蜜か体液か分からない粘ったもので濡れているのが見えた。

「ぁ……」

頬を染めているミルの腰を抱え、マハラジャが腰を寄せてくる。硬く太いものが入り口に押し当てられて、それが彼の雄だと分かった。

「充分に慣らしてやったつもりだが、これを入れたらきっと辛《つら》いだろう。お前に痛い思いをさせるかもしれない俺を、許してくれるか……？」

欲望をこらえて自分を思い遣《や》ってくれるマハラジャの言葉が、うれしくてたまらなかった。

「マ、マハラジャになら……」

ミルは彼を受け入れる覚悟を決め、自分の腰をつかんだ彼の手に自分の手をそっと重ねる。

「マハラジャになら、なにをされてもいいです。マハラジャのことが好きです、だから……」

「ミル……お前を愛している」

マハラジャの熱く硬い男のものが、ミルの入り口にぐっと押し込められた。

続けて奥まで、太いものに貫かれる。

「あ、ぁ、あぁ……っ」

小さな途切れ途切れの悲鳴を上げているうちに、マハラジャが根元まで収まった。

ミルの臀部《でんぶ》に彼の太腿の温《ぬく》もりが当たり、それが分かる。

「お前の中に全部入った。分かるか?」

「は、はい……」

身体の中で張り詰めている男のものを感じたミルは、コクリと頷いた。

「マハラジャが、僕の中に……」

「ミル……」

マハラジャがミルの腰から手を離して、その手をミルの顔の横につく。

上に被さるような体勢になって見下ろし、性器を前後させ始めた。

「ミル、ミル……」

「ふ……は、あ、ぁ……っ」

硬い筋の浮いた雄が、ミルの窄まりを少しずつ速く、激しく突き上げるようになる。

やわらかく潤《うる》んだ熱い肉が擦《こす》られて、快感が高まる。

それと同時に、ミルの目に熱い涙がぶわっと溢《あふ》れてきた。

「どうした？　辛いのか？」

動きを止めたマハラジャに心配そうに問われ、ミルは微笑んで首を横に振る。

「いいえ、うれしくて。マハラジャが僕に触れてくださっていて……一つになっているのだと思ったら、うれしくて、それで涙が……」

「……そんなに可愛いことを言われると、俺の我慢がきかなくなってしまう」

「ぁ……っ」

マハラジャは再びミルの中を激しく突き上げてきた。

二人が繋《つな》がっている腰が、敷布の上で大きく揺れる。ミルはやわらかな自分の中を雄で抉られる悦《よろこ》びに足先を震わせ、天井を仰いで声を上げた。

「あ、はぁ……は、出そうです、出……るっ」

「もう少し待て。俺も……」

「ん、もう、ダメ……で……す、んんっ」

快感をこらえきれず首を大きく横に振ると、涙が敷布に飛び散った。

息を弾ませたマハラジャの目が、自分への愛に潤んでいる。愛情と欲望に濡れた目に見つめられると身体がゾクゾクと震え、すぐそこに絶頂が見えた。

「ミル、お前が好きだ」

「僕も……僕もです、マハラジャのことが……大好き……ですっ」

逞《たくま》しい腕に背中をしっかりと抱かれ、よりいっそう深く彼の昂《たかぶ》りが突き入れられる。

「マハラジャ、マハラジャ……っ」

ミルは彼の汗に濡れた背中を強く抱き返した。

胸同士がぴったりと重なり、マハラジャの太く硬いものに身体の中が突き崩されるように感じたとき、彼の硬さがミルの最奥《さいおう》で弾《はじ》ける。

「ミル……っ！」

「あ、ぁ、あー……っ」

濃いねっとりとした精液が、窄まりの中に飛び散る。熱いそれを体内に感じたミルもまた、次の瞬間、下腹部に重く溜まっていた体液を放っていた。


夜中にふと目覚めると、すぐ目の前にマハラジャの顔があった。

寝台の上で、彼の広い胸に裸の全身を抱かれている。そう気づいたミルの頬に、血が集まってきて熱くなった。

「あ……」

池の方から差し込む眩《まぶ》しい月明かりが、マハラジャの目に映っている。灰色の双眸《そうぼう》が、この世のものとは思えないくらい美しく見えた。

「身体は平気か？」

「は……はい」

ミルの身体からはすっかり汗が引いているが、彼の顔を見ていると、芯でくすぶっている小さな火がまた燃え盛りそうだ。

「俺の夢を叶《かな》えてくれたお前に、礼を言いたい」

額《ひたい》同士を合わせて言われ、ミルは瞬《まばた》きを返した。

「え、夢……？」

「俺は、以前……妃のためにあの中庭を造った建国当時のマハラジャのように、誰かと心から愛し合うような恋をしたいと言っただろう？」

間近から覗《のぞ》き込んでくる彼の目が、愛しそうに細められた。

「お前が俺の前に現れて、お前を好きになって。お前がこうして俺に応えてくれたから、俺はその自分の夢を叶えることができた。やさしくて可愛いお前に愛されて、俺はうれしい」

「あ、あの、でも……」

ミルの頬はますます熱くなる。

「僕は、マハラジャのことが好き……ですけど。愛……かと言われると、分かりませ……ん」

「たとえお前の気持ちが、まだ『愛』と呼べるものでなかったとしても……これからもっと俺のことを知って、愛してくれればいい。そうだ、お前が俺の気持ちに応えてくれた礼というか……今夜の記念にお前の夢もなにか叶えてやりたいが、なにがいい？」

「え……」

どう答えていいか迷ったミルだが、なんでもいいと言われて、おずおずと言った。

「あの……もし、お願いをしてもいいのでしたら……僕の家の近くにあるあの寺院の孤児院だけではなくて、もっと多くの……この国の貧しい子供たちが、無料でお医者様に診《み》てもらえるような、そんな場所を作ってください。そうしたら、助かる人が大勢いると思うんです」

「……いかにもお前らしい望みだな」

マハラジャは愛しそうにミルを見つめた。

「俺も、そういった医療の面を充実させていこうと思っていたところだ。まず手始めに、この王宮の近くに無料の診療所を作ることを約束しよう」

「本当ですか？　ありがとうございます」

ミルが微笑むと、マハラジャはまた信じられないようなことを言う。

「ミル……十日後の戴冠式には、お前も出席して欲しい。参列してくれるか？」

「え？　そ、そんな、僕なんかがそんな場所に行っては……」

あわてて首を横に振ったミルを、マハラジャは胸の中にすっぽりと深く抱き込んだ。

「いいから。お前にも、俺が正式にマハラジャになるところを見てもらいたいんだ」

「でも、ゴア様に知れたら……」

「こっそり参列できるよう、カッサムに手配させておくから……いいな？」

「は、は……い」

本当にいいんだろうかと思いながらも、ミルは小さく頷く。

マハラジャはミルの身体を少し自分から離し、満足そうに微笑んで見つめてきた。

「戴冠式が終わったあとは、俺の部屋で祝いの花入りのケーキを食べよう。お前にいっしょに祝って欲しいんだ」

全身を重ねた彼から、唇に口づけを落とされる。

「マハラジャ……」

ミルは彼のことがまた愛しくてたまらなくなって、その首に腕を回して抱きついた。

6. 復讐《ふくしゅう》

それから三日後の夕暮れ。

仕事を終えたミルは、中庭の石の上に一人座り、王宮のマハラジャの部屋の方を見上げた。

（マハラジャ……）

彼のことを考えるだけで、幸せで胸がいっぱいになる。

王宮内にある寺院のそばで一晩を過ごしてからの二日間、ミルはこの中庭で午後にマハラジャと待ち合わせて会っていた。

別れるときには、必ず翌日に会う時間の約束をする。

毎日会いたいと言ってくれているマハラジャだが、今日は忙しいのでどうしても会いに来ることができず残念だ、と昨日のうちに聞いていた。

「さてと……マハラジャは、今日はいらっしゃらないし。そろそろ帰ろうかな」

ミルは足元から庭の手入れに使う道具入りの容器を手にして立ち上がる。

中庭を囲む高い塀につけられた扉を開け、二重になった塀の間を通って作業場の方へ戻る。赤く染まった夕空を仰ぎ、またマハラジャのことを思い出して、ふう、と熱い息を吐いた。

「一週間後の戴冠式、本当に僕にも見せてもらえるのかな……？」

三日前にマハラジャがそう言ってくれたが、まだ信じられない。

「マハラジャの戴冠式をこの目で見られるなんて、一ヶ月ほど前には全く思っていなかった。あの方がこの国の王になられるところを、見られるものなら見てみたい。本当に見られることになったら、すごくうれしいな……」

ミルは足取りも軽く、いつものように王宮を出た。


薄暗くなった下町に着いたミルは、路地の角を曲がったところで足を止めた。

道が人で溢れている。

特に、自宅のある方面に黒山の人だかりができていた。もともと人口の多いところではあるけれど、近所の人たちがこんなに外に出ていることは初めてだ。

「なに、これ……それに、なんだか騒がしいみたいだけど……」

ミルは首を傾《かし》げながら自宅へ向かって歩いて行く。

ごちゃごちゃと、小さな煉瓦《れんが》造りの民家が入り組んで建てられている地域だ。人も多くて見通しがきかず、なにが起こっているのか分からなかった。

自宅前に近づくと、ミルの姿を見つけた小さな子供が駆けてくる。

「ミル、ミルー」

目に涙をいっぱい溜めた彼は、ミルの膝にギュッと抱きついた。

「ど、どうしたの?」

寺院で保護されている孤児の一人だ。ミルが自分の身体からやさしく引き剝《は》がすと、彼は涙を流しながら見上げてくる。

「お家《うち》が、お家が壊されているの……っ」

「お家……寺院が？」

ミルは小さな手を引き、いっしょに二軒隣の寺院の前まで走った。

開け放たれた柵門《さくもん》の前に立ち、息を呑《の》む。

「あ……っ!?」

神々の姿が彫られた塔を、いくつも空へ伸ばしていた寺院。大きくて立派だったそこの上部が取り壊されて、三分の一ほどが壊された状態になっていた。

敷地内にあった孤児院の施設も、屋根が取り壊されている。

寺院にはまだ百人ほどの作業員の男たちがいて、あちこちで建物を壊していた。孤児院で使っていた毛布などは一箇所にまとめられて、火をかけられている。

皆が集まっていたのは、こんなことが起こっていたからなのだ。

「な……ど、どうして？」

呆然《ぼうぜん》としていると、道の人込みの中からムファリが姿を現した。

「ミル……」

両手で子供たちの手を引いている彼女に、ミルはすぐに問いかける。

「ムファリさん、どうしたんですか、これは……？」

「それが……今朝、ここを買い取ったという地権者の方が現れて……急に、寺院を取り壊すと言い出したの」

「寺院を壊す……?」

ミルが眉を寄せると、ムファリは深刻な顔で続ける。

「寺院だけではなくて孤児院も壊して……僧侶《そうりょ》の方たちは新しく建てた寺院に戻って来られるようにしてくださるとのことだけれど、子供たちはもともとここにいるべき人間じゃないから今すぐ出て行くように、と言われて……」

「……ここの子供たちに出て行け、なんて言っているんですか?」

「そうなの。せめて数日……子供たちの行き先が決まってからにしてください、と私もお願いしたのだけれど、ダメだったの」

ムファリは手を引いている子供たちに聞かれるのを気にしながらも、悲しげに眉尻を落とす。

「今、僧侶の方たちが子供たちを置いてくださるように地権者の方に頼んでいるけれど、まるで無理そうだというお話だったわ。きっと、もう、子供たちはここでは暮らせないわ」

「そんな……」

ミルが視線を揺らしていると、寺院の門から一人の男が出て来た。

美しい光沢を放つ絹服を身につけた彼は、お付きの男を一人従えている。寺院の外にいるミルと目が合うとすぐに、ミルの方へ歩いて来た。

「よう、久しぶりだな」

「あなたは……」

目の前で立ち止まった背の高い男に、ミルは息を呑んだ。

ターバンの下から見えている茶色の髪、育ちがよさそうな顔立ち。そのわりに表情にはどことなく上品さが欠けており、王族の血を引いている高貴さは感じられない。

「……ダリー様？　どうしてここに？」

呆然とするミルに、腰に片方の手を当てたダリーは口の端を上げて笑う。

「どうして、とはご挨拶《あいさつ》だな。俺がこの寺院のある土地を買い取って地権者になったんだ。自分の土地に入って悪いのか？」

「……？」

卑《いや》しさの滲んだダリーの笑みは、彼が女官を襲おうとしていたときと同じものだ。

以前、お茶会のための花をマハラジャに届けたとき、マハラジャの部屋の前で会った彼は、ミルに親切だった。横暴な振る舞いをしたことを謝ったし、マハラジャにもこれからは心を入れ替え、自国や領地の民のために尽くすと宣言して謝罪した。

だから、マハラジャも許しを与えたと言っていたのに……。

どうしたことか、今のダリーは、以前の彼に戻ってしまったかのようだ。

「ダリー様が……新しい地権者？　じゃあ、あなたが寺院を壊したんですか……？」

「そうだ」

深く頷いたダリーが、ミルをジロジロと上から下まで眺める。

「それにしても、汚らしい格好だな」

「……っ!!」

彼の言葉で、ミルは心臓を鷲《わし》づかみにされたように感じた。

(そうだった……僕、マハラジャのお母さんの遠縁で他国から来た貴族だ、って紹介されていたのに。こんな服を着ているところを見られたら、嘘《うそ》だってバレてしまう……っ)

ミルはサッと青くなり、自分の格好を少しでも隠そうと襟元を両手で引き合わせる。

それを見たダリーは、ますます口の端を上げて笑った。

「もう隠さなくてもいい、お前の正体は知っている」

「え……っ!?」

「マハラジャの母方の遠縁だとか言っていたが、嘘なんだろう? 本当は王宮の庭師の一人だぞうじゃないか?」

ピタリと言い当てられたミルは、息が止まりそうだった。

見物人が遠巻きに見つめる中、ダリーは腰に手を当てたままでミルに侮蔑《ぶべつ》の目を寄越《よこ》す。

「お前がラシュと親しげだったから、俺も最初はすっかり騙《だま》されてしまったが……この前、ラシュの部屋の前で会ったとき、お前はあまりにもみすぼらしい格好をしていた。花を摘むためだったと言っていたが、なにかおかしいと思ってお前の身辺を調べさせたんだ。そうしたら、貴族どころか、この下町で暮らしている庭師だと分かったというわけだ」

ダリーは苦々しく舌打ちをした。

「全く、本当に腹が立つ。お前みたいになんの身分もない貧乏人に邪魔されて、俺は予定していた北の土地も手に入れ損ねた。だから、これは俺からお前へのお返しだ」

ダリーが背後の寺院の方へ、くい、と顎をしゃくる。

ミルは呆然とした。

「お返し……って……」

取り壊されつつある寺院を見つめたミルは、ダリーをキッと睨《にら》みつける。

「じゃあ、こんなふうに寺院を壊したのは、僕への仕返しだって言うんですか？　そんな理由で……な、なんてことをなさるんですか？　神様のおられる寺院を……っ」

「別に、神々を軽んじているつもりはない。ここは建て替えをするだけだ」

「だけど、子供たちに出て行けと言っているんでしょう？」

眉を寄せているミルに、ダリーが笑って肩をすくめた。

「それは仕方がないんじゃないか？　ここはもともと寺院で、どこの誰とも知れない子供を集めて育てるためのところじゃない」

「でも、孤児の子供たちは、ここを追い出されたらどこにも行くところがないんですよっ？」

ニヤニヤと笑うダリーに向かって、ミルは思わず声を強くしていた。

「僕への嫌がらせだったら、僕に直接すればいいじゃないですか！　僕の家はすぐそこにあるんですから、そこを取り壊せばいいのに。どうして……どうして、小さくて弱い子供たちから家を奪うようなことをするんですかっ？」

「お前が大事にしているものを傷つけないと、面白《おもしろ》くないだろう？」

ダリーは怒りに身を震わせるミルを楽しそうに見ている。

「お前も孤児で、ここに世話になっていたこともあるそうじゃないか。お前がこの孤児院にいつも給金の大半を寄付していると分かって、お前の弱いところはここだと思ったんだ。思ったとおり、孤児院をなくしてやったら、お前はそうやって、おかしいくらいに取り乱している。お前のそういう姿が見たかったんだ、本当に気分がいい」

「……っ」

ミルは身体の脇で拳《こぶし》をギュッと握った。

「こ……こんなことをして、なにが楽しいんですかっ？　僕への嫌がらせにしたって、酷《ひど》すぎます。この子たちは、ここを壊されたら今夜寝るところだってなくなってしまって……それが分かっていて、こんなことをしたんですか？」

「行くところがないと言うなら、奴隷《どれい》にでもなればいいだろう？　なんなら、俺が外国の金持ちを斡旋《あっせん》してやろう。そこでどんな生活になるかは知らないがな。ほら、来い……っ」

ダリーは、ミルのそばでムファリに手を引かれていた子供の腕をぐいと引っ張る。

子供が悲鳴を上げ、ミルの方へ助けを求めて手を伸ばしてきた。

「ミル、痛いよぉ……っ」

「やめてくださいっ！」

ミルは踏み出し、素早くダリーの腕をつかむ。

「……放してください、子供になにをするんですかっ」

「うるさい、汚い手で俺に触るなっ！」

「あ……っ」

ダリーがミルの手を激しく振り払い、ミルは放り出されるようにして地面に転がった。

遠巻きにしていた周りの者たちが、さらにザッとミルたちから離れる。

ダリーの服装や言葉遣いから、かなり高い身分の貴族だと分かっているからだろう。男も女も眉をひそめているが、手を出すことは躊躇《ちゅうちょ》している。

ダリーは周りの視線など気にせず、子供の腕を乱暴に放してミルを見下ろした。

「ふん……お前みたいに、明日の自分の食い扶持《ぶち》すら危《あや》うい身分のくせに、さらに貧民の世話をしているなんて……偽善にもほどがある。全く、貧乏人同士が助け合っているなんて、聞いただけで反吐《へど》が出る話だぜ」

ミルは地面に手をつき、顔を上げて背後のダリーを振り返った。

「あなたは……マハラジャに、これからは心を入れ替える、とおっしゃっていたんじゃないんですか？　もう誰かを苦しめるようなことはしない、と。あれは嘘だったんですか？」

「アッハハハ、あんなものを信じたのか？」

暗くなり始めた下町に、ダリーの高笑いが響く。

「お前といいラシュといい、バカがつくくらい人がいいな。あんなものは、その場凌《しの》ぎの口から出任せに決まっているだろう？」

彼はミルに近寄ってきて、しゃがみ込むと、ミルの胸倉をつかみ、自分の方へぐいと乱暴に引き寄せた。

「いいか、これに懲《こ》りたら、もう二度と王宮に来るな。身の程知らずにも、王族と関わったりなんてしようとするなよ？」

彼は低い声で脅《おど》すように言う。

「王宮でもう一度、お前のその貧乏くさい顔を見かけるようなことがあったら……次はこのくらいのことじゃすまさないからな。ここにいた孤児たちを全員、俺がまとめて外国に売り飛ばしてやる。ラシュにもなにが起こるか分からないから、そう覚悟しておけ」

「なにが起こるか分からない、って……マハラジャになにをするつもりなんですか……？」

顔から血の気が引いたミルに、ダリーはニヤリと笑った。

「さあな。それはなにかが起きてからのお楽しみだ」

「……」

「あいつは真面目すぎて口うるさいし、最近はマハラジャになるのが近いからか、妙に偉《えら》そうにしている。前々から気に入らなかったし、この機会に自分の力のなさを改めて教えてやるのもいいかもしれない。そうだな……不慮の事故で、怪我《けが》をして動けなくなるというのはどうだ？」

ダリーは卑しい笑みを浮かべる。

「お前は、本来ならお前みたいな身分の人間には口もきけないマハラジャと親しくしてもらっていて……特別扱いしてもらったり、きれいな服を着せてもらったり……他にもこれまでラシュには世話になったんだろう？　そのマハラジャに怪我をさせたくなかったら、二度と王宮に姿を見せるな。いいな、分かったなっ!?」

彼はミルの胸倉を地面に叩《たた》きつけるようにして放し、突っ伏したままのミルを置き去りにして寺院の門の中へ消えていった。

ムファリと近所の顔見知りが、二、三人、駆け寄って来てくれた。

「ミル、大丈夫か……？」

「う、うん……大丈夫だよ、ありがとう」

心配そうに顔を覗き込まれたミルは、身体の前についた汚れを払いながら立ち上がる。

（ダリー様は……僕への嫌がらせの気持ちだけで、寺院を壊したり行く当てのない子供たちを追い出したりなんてことを、平気でできる人だ。もし、僕が王宮に行ったりしたら……本当に、この子供たちやマハラジャに酷いことをするに違いない……）

再び、目の前で壊されていく寺院と孤児院を見つめ、ミルはギュッと強く唇を嚙《か》む。

その日は夜遅くまで、取り壊されていく寺院の前から見物人の姿がなくならなかった。

◇

翌朝、ミルは起きて朝食を取るとすぐに寺院の前へ行った。

そこで待ち合わせていたムファリと、もう一人、寺院で彼女とともに子供たちの世話をして働いていた若い女性といっしょに、昨夜子供たちを預けた近所の家々を回った。

不安な状態にあるだろう子供たちの様子を見たかった。それと、今手元にあるお金を子供たちの世話をしてくれている家の者に渡して、食費などの足しにしてもらおうと思っていた。

寺院への寄付とミルの生活費。それを合わせてもほんの少しの金額だが、ないよりはましだ。

孤児たちの数は二十人以上。ミルたちは午前中のうちに十軒近くの家を回った。

家々を訪れると、こういうときは助け合いだからお金は必要ないと受け取りを拒んだ者たちが大半だった。けれど、今のところ子供たちがいつまで世話になるかの見通しも立っていない。とりあえず使ってくれるようにと言って、無理やり金を置いてきた。

その仕事が終わると、次は子供たちの行き先を考える仕事が待っていた。

「午後から、私たちはサイーマさんのお宅に相談に行ってみるわ。サイーマさんなら、なんとか当面の子供たちの面倒を見てくださるかもしれないから……」

ムファリと手伝いの女性一人は、寺院の前の路地で石の上に座り込んだ。

ミルも彼女たちの隣に腰を下ろす。

「そうですね、サイーマさんなら……」

サイーマは町で貴金属店を営んでおり、この一帯ではそこそこ裕福といえる。

孤児院にも理解があり、よく寄付をしてくれるので、彼になら子供たちのことを頼めるかもしれなかった。

「けれど、明日すぐに子供たち二十人以上も家に引き取って……というわけにはいかないでしょうし……用意ができるまでは、皆さんのお宅で世話をお願いするしかないわね。それから、サイーマさんの家でも、子供たちが働けるようになるまで何年も預かっていただくことはできないし……せめて二、三ヵ月のうちに、私たちで子供たちを引き取れる場所を探さないといけないけれど……でも、そんなことができるかしら。難しそうだわ……」

ムファリは弱音を吐いたあと、しかし、気丈に顔を上げる。

「でも、子供たちのためにやるしかないわよね」

「じゃあ、僕は……午後からこの近くの家を回って、子供たちのために少しでも寄付を集めてきます。子供たちは寝るところもなくなってしまったから、ってお願いして……」

ミルはムファリの言葉に頷きながら言った。

ムファリたち自身も、僧侶ではないからと寺院を追い出されている。

近所の家で世話になっている身で、それでも子供たちのことを第一に考えているのだ。自分もなにかせずにはいられない、とミルは思う。

「ミル……でも、王宮での仕事は大丈夫なの？」

ムファリは心配そうに眉尻を落とし、ミルの顔を見る。

「子供たちを助けてくれるのはうれしいけれど、王宮での仕事も大事でしょう？　今日は黙って休んだんじゃないの？　午後からでも行った方がいいんじゃないの？」

「それは……大丈夫です、ちゃんと休むことは連絡しておいてもらったし……代わりに庭の手入れをしてもらう人も、手配しておきましたから」

ミルは昨夜のうちに、近くに住んでいる同じ王宮の庭師の家を訪ねた。

ずっと顔見知り程度の付き合いだったが、以前ミルが毒の花入りのケーキを食べて臥《ふ》せっていたとき、彼がカッサムの手配で中庭の世話を引き継いでくれた。

それが縁で、親しく話をするようになったのだ。

自分は明日から王宮に行けなくなる。だから、今回も中庭の花たちの世話をお願いできないだろうか、と頼みに行った。

自分は体調が悪くて、いつ仕事に復帰できるか分からない。

ゴアにはそう伝えておいてくれるように、とお願いしておいた。

(しばらくは子供たちの落ち着き先のことで忙しくなるだろうし……それに、僕が王宮に行ってもしダリー様に見つかったらと思うと、とても行けない……)

ミルは昨夜のうちに、もう二度と王宮には行かない、と気持ちを固めていた。

マハラジャには会えなくなってしまうけれど、仕方がないのだ。

(中庭の花たちの世話をできないのは辛くて……マハラジャにもうお会いできないのも寂しいけど、でも、ここの子供たちやマハラジャを危険にさらすよりはよっぽどいい。とにかく、僕が王宮に行かなければダリー様は満足なんだろうから……)

マハラジャのことを考えると、胸にぶわっと恋しさが湧《わ》き上がってくる。

ミルは悲しい気持ちをこらえて、ムファリに微笑みかけた。

「実は、王宮の仕事……辞めようかな、と思っていたところだったんです。だから、今回休むことになって、ちょうどよかったっていうか。他にも庭師の腕を買ってくれるお金持ちの家はいくらでもあるので、これからはそっちで仕事をすることを考えてみようかなと思っていて……」

「王宮の庭師はとても名誉な仕事じゃない。それを辞めるなんて……本気なの？」

ムファリは信じられないと言うように眉を寄せる。

「もしかして、昨日ここに来ていたあの貴族の人が原因なの？　あなたにもう王宮に来ないように、とか言っていた……乱暴な人だったけれど」

「いいえ、そんなんじゃなくて。親方が亡くなってから、考えていたことなんです」

ミルは嘘を吐かなければならない悲しさを、ぐっとこらえた。

ムファリにはもちろん、ダリーに脅されたことは、唯一、ダリーよりも上の立場にいるマハラジャにも相談できない。

(マハラジャ……マハラジャにダリー様のことを話したら、ダリー様が怒ってなにをするか分からない。本当に、マハラジャに怪我をさせるかもしれない……)

ダリーには底知れない負の感情と執念深さを感じる。

(万が一、僕のせいでマハラジャに危険が及んだら……僕は自分のことが許せなくなる。それくらいなら、僕が王宮での仕事を諦《あきら》めた方がいい)

ミルが膝を抱えていると、近所の家から孤児の子供たちが出て来た。

ミルたちの姿を見つけ、半分泣きそうに安堵《あんど》した笑顔で駆け寄ってくる。

家をなくした不安を必死に忘れようとするかのように、遊んで、と無邪気にまとわりついてくる彼らに、ムファリともう一人の女性が立ち上がった。

「少しだけね。今日はこれから、出かけなければならないところがあるから」

「あ、子供たちの遊び相手は僕が……」

ミルが立ち上がったとき、子供の手を取ったムファリがふと路地の向こうを見て言う。

「あ……ミル、あれは……?」

「……え?」

ミルが振り返ると、路地の角を黒い馬車が曲がって来たところだった。

「あ……」

馬車はミルの家の前で停まる。

中から降りてきたのは、丈の長い絹の上着を身につけたマハラジャと、護衛のための剣を腰に差したカッサムだった。

マハラジャはミルの姿に気づき、早足で向かって来る。

急いで来たからか、今日は顔を隠す布を巻いていない。近づいてくるにつれて、その眉が心配そうに寄せられているのが分かった。

「ミル……」

二人が目の前に立つと、ムファリはすぐに、以前、ミルの家を訪ねて来た王宮の人間だと気づいたようだ。

「あ……じゃあ、私たちはあっちで子供たちを遊ばせてから、出かけるから。ミルはゆっくりお話をして。それじゃ……」

気を遣ってくれた彼女らが去り、マハラジャは寺院を見て目を見張る。

「これは……どうしたんだ？　ここにあった寺院は取り壊しになっているのか？　いったいなにが……」

しばらく寺院の敷地内を見つめていたマハラジャが、ミルに視線を戻してきた。

目の前に立つミルを、灰色の目でじっと愛しそうに見る。

「病気で王宮の仕事に出て来られない、と王宮の別の庭師に言付《ことづ》けただろう？　父親のゴアがそう言っていたとカッサムから聞いた。よほど病状が悪いのかと思って……心配になって、こうして様子を見に来てしまった。そうして外にいても大丈夫なのか？」

「……」

「いつ仕事に復帰できるか分からないとのことだったが、本当か？　どこがそんなに具合が悪い？　熱があるのか？　なんだったら、王宮から医者を寄越すから診てもらえ」

額に触れようとしたマハラジャの手を、ミルは乱暴に払った。

パシッと音が立ち、マハラジャもそばにいたカッサムも小さく息を呑む。

「ミル、お前、マハラジャになにを……っ」

眉を寄せたカッサムがミルの肩をつかもうとしたのを、マハラジャが手で制する。

「カッサム、お前は手を出すな」

マハラジャは慎重にミルに問いかけてきた。

「どうしたんだ、ミル？　俺はなにか、お前を怒らせるようなことをしたか？」

「いいえ、なにも……すみません」

ミルはマハラジャの顔を真っ直ぐに見られなかった。

もう会えない。

会ってはいけないから、今ここで別れを口にしなくてはいけないのに……大好きな人の目を見つめたら、愛しさをこらえきれなくて抱きついてしまいそうだった。

「ただ、僕、もう王宮には行けないんです。実は、見てのとおり……寺院が取り壊されてしまって……寺院は建て直されるそうですが、子供たちは出て行かなければならなくなって……寝るところもなくなった子供たちをどうするかを、今、ムファリさんたちが考えています。僕もなるべく力になりたいと思っているので、王宮にはしばらく行けそうにありません」

子供たちは、今、近所の家で数人ずつに分かれて世話になっている。

目の前でこれまで住んでいたところを壊されて、追い出されて……さぞかし不安な気持ちでいるだろう、と子供たちの状況を伝えると、マハラジャは痛ましそうに呟く。

「そんなことがあったのか……」

彼はしばらく黙り込み、それからきっぱりと言う。

「よし。そういうことなら、ここの子供たちは今すぐ王宮で引き取ろう」

「え……」

「以前、お前に、王宮の近くに子供たちを無料で診療する病院を作る、と約束しただろう？　実はそのための土地を、すでに用意してあるんだ。病院の建設はまだだが、敷地内に以前住んでいた者たちの住居があるから、そこを臨時の孤児院にしよう。将来的には病院に併設された正式な孤児院にする。それでどうだ？」

予想もしていなかった、うれしい提案だった。ミルが言葉をなくしているうちに、マハラジャは隣に立つカッサムに指示を出す。

「カッサム、そういうわけだから、さっそく近くの家で預かってもらっているという子供たちを集めて移動させられるよう、手配をしてくれ。ああ、それから……知らない者に世話をされては子供たちが不安がるだろうから、あそこにいる女性たちに、新しい孤児院で働いてもらえるように頼んできてくれないか」

ムファリたちの方を目で指したマハラジャに、カッサムはものものしく頷いた。

「かしこまりました」

「この件についてはお前に一任する。子供たちに悪くならないようにしてやってくれ」

「はい、お任せください」

カッサムは頼もしく頷き、ムファリたちの方へ向かって行く。

彼と話をし始めたムファリたちの表情が、見る見るうちに明るく変わっていくのが見えた。

子供たちが安全な寝床や食事を手に入れられると知って、よほど安心したのだろう。ムファリは涙を流して喜んでいた。

「それにしても、その新しい地権者という奴は酷いな」

マハラジャが眉を寄せ、ため息を吐く。

「寺院の建て替えはともかく……行くところのない子供たちだと分かっていて、急に追い出すようなことをするなんて……」

「……」

この件にはダリーが関わっている。彼が新しい地権者で、自分への嫌がらせでこんなことをしたのだ、とミルは言えなかった。

（マハラジャ……マハラジャは、子供たちにこんなにやさしくしてくださって。ムファリさんたちのこれからの仕事のことも気遣ってくれて。本当に立派な人だ。こんなにやさしい人だから……だからこそ、僕のせいで危険な目に遭《あ》って欲しくない……っ）

マハラジャのやさしさに触れ、涙が出そうだった。

ミルがギュッと唇を噛んだとき、マハラジャが安心させるような微笑みを向けてくる。

「とにかく、ここにいた子供たちのことはカッサムに任せておけばいい。お前は……安心して王宮での仕事に戻れ。今日はもういいが、明日からは中庭の手入れをしに来てくれるだろう？　お前が来るのを、俺も楽しみに待っているから……」

「いいえ、もう……二度と王宮には行きません」

ミルが首を横に振ると、マハラジャが不審そうにミルを見つめた。

「王宮に……来ない？」

俯《うつむ》いて顔を逸らしたミルに、マハラジャは少しうろたえた声を落としてくる。

「もしかして、カッサムのことが信用できないのか？　カッサムはなんでも面白がる性格で、なにをしでかすか分からないところもあるが……能力的には総じて優秀だ。あいつに任せておけば安心だが、もしお前が不安なら……お前が毎日、孤児たちに会えるように手配しよう」

「そうじゃありません。そうじゃなくて……」

「じゃあ、どうしてそんなことを言う？　中庭の花の世話をするのは大好きだと言っていたじゃないか。俺の戴冠式には、庭いっぱいにきれいな花を咲かせると言ってくれただろう？」

マハラジャの声音が硬くなった。

「それに、お前が王宮に来ないと、俺が寂しくてたまらない。ミル……」

四日前の晩、初めて、明け方近くまで熱く愛し合った。そのあとも毎日のように中庭で会い、甘い口づけを繰り返していたじゃないか、とマハラジャの目は言っている。

「王宮に行かないのは……マハラジャに会いたくないからです」

ミルは声の震えをこらえ、ゆっくりと顔を上げた。

マハラジャを正面から見上げ、彼の心を傷つけ、彼が自分の元から去ってくれるようになるだろう酷い言葉を、自分の中で必死に探す。

「僕、もうマハラジャに会いたくないんです。僕は……僕は嫌だったのに、無理やり、あんなふうに夜を過ごさなくてはいけなくて。すごく嫌だったんです、だから……もう、王宮に行ってあなたに会いたくありません。仕事は辞めさせてもらいます」

「無理やり……？」

ミルを見つめるマハラジャの視線が、切なそうに大きく揺れた。

「けれど、沐浴をしたあの晩……俺のことを好きだと、そう言ってくれただろう？　俺に触れられるのは嫌じゃないと……だから、俺は……」

「……僕は庭師です。なんの身分もありません。その僕が、この国で一番身分のあるマハラジャに、嫌だ……なんて言えると思うんですか？　僕はあのとき、好きだと言わされていたんです。そう言わざるを得なかったんです」

偽りの言葉を口にするのは辛いけれど、これもマハラジャのためだ。

ミルは悲しさをこらえ、眉を寄せて話し続けた。

「僕は……あんないやらしいことを、もうしたくありません。どうにか今まで耐えてきましたけれど、これ以上は無理です。マハラジャの顔も見たくないんです、もう……マハラジャのお遊びには付き合いたくない」

「遊び？　ミル……そんなふうに思っていたのか？　俺のお前への気持ちを……？」

ミルを見つめるマハラジャは、ミルがこれまで見たこともないくらい切なそうな……ひどく傷ついた顔をしていた。

「俺がマハラジャだから、お前は俺の求愛を断れなかった……と。俺を好きだと言ってくれたのも嘘だと、そう言うのか……？」

「……」

ミルの胸はズキッと張り裂けそうに痛んだ。

それでも黙り続けていると、唇を噛んだマハラジャの元にカッサムが戻ってくる。

「マハラジャ、あのムファリという女性たちと話をつけました。今日の夕方までに私の方で子供たちを受け入れられるように建物の中を整理させますので、それが終わりましたら皆をここまで迎えに来ます。それまでに子供たちを揃《そろ》えておくように、と申しつけておきました」

「カッサム」

「は……マハラジャ、どうかなされましたか？　お顔の色が……」

カッサムがマハラジャの青い顔に気づいたとき、マハラジャが素早く踵《きびす》を返した。

「帰るぞ」

「え？　あ、ま……待ってください、マハラジャ……っ？」

マハラジャの背中を、首を傾げたカッサムがあわてて追う。

二人を乗せた馬車が路地から去って行くのを、ミルは立ちすくんで見つめていた。

(マハラジャのことが好きです。本当は、すごく、すごく好きです……でも……僕のせいで危険な目には遭わせたくないから……っ)

涙がじわじわと溢れてきて、ミルの視界をぼんやりと滲ませる。

「酷いことを言ってごめんなさい。だけど、僕がもう王宮に行かないのが一番いいんです。あなたと今後関わらなければ、子供たちもあなたも傷つけられないから……」

マハラジャの消えた路地に向かって、呟くように言う。

パタパタと足元に涙を零《こぼ》すミルの前に、近くで遊んでいた孤児たちが心配顔で集まって来た。

「どうしたの？　ミル、どうして泣いているの？」

「お腹《なか》痛いの？」

「……なんでもないよ、大丈夫」

ミルはその場にしゃがみ込み、膝の上で組んだ腕の上に顔を伏せて涙を隠した。

「大丈夫だよ、僕は……」

涙が止めどなく流れ、胸を締めつけられるような痛みはずっと消えなかった。

7．人身売買

王宮へはもう行かない。

そう固く心に決めて家で過ごしていたミルを、王宮の中庭での仕事を引き継いだ庭師が訪ねて来たのは、それから二日後のことだった。

朝、ノックの音がして扉を開けると、外にこれから仕事に行く彼が立っていた。

「ゴア様がお前のことを心配していらして……そんなに病状が重いのなら、一度この家へ見舞いに来ると言っていたぞ。働けないと給金ももらえなくて困るだろうから、いろいろと相談に乗ってくださると言っているんだが、どうする？」

彼の言葉に、ミルは首を激しく横に振った。

「そんな……ありがたいけど、僕の家に来ていただくなんてとんでもない。ゴア様は今、四日後にあるマハラジャの戴冠式のことで大変なはずで……」

「だが、明日にでもここに来そうな勢いだった。今まで休んだことなんてないお前がいつ仕事に復帰できるか分からないなんて、よっぽどのことなんだろうと心配していらした」

庭師の彼は、玄関の扉を開けて立つミルをジロジロと見つめる。

「お前、そんなに悪いようには見えないが……ここのところ調子がいいんだったら、自分でゴア様に話をしに行ったらどうだ？　仕事を辞めるなら、きちんと挨拶をしておくのが筋だと思うし……まあ、どうしても身体が辛くて動けないっていうなら、ゴア様にしばらく様子見をしていただけるように言っておくが……それでも、あの方はここに来るかもな」

「あの……じゃあ」

ミルは迷ったすえ、覚悟を決めて彼に言った。

「申し訳ないですけど、ゴア様に伝言を頼めますか？　今日の夕方……日の沈む頃、王宮にほんの少しだけお邪魔しますから、お時間を作っていただけませんか、と……」

「ああ、分かった」

庭師の男が去っていくと、ミルは部屋の掃除をしたあと出かける準備を始めた。

今日は、王宮近くに臨時に作られた孤児院へ手伝いに行く約束をしている。

ミルが子供たちの遊び相手をしてやっていると、ムファリたち世話をしている者が、彼らから目を離すことができる。ミルが行っている間は他の仕事ができるから、重宝がられているのだ。

ミルは子供たちが落ち着くまで……とりあえず十日ほどは孤児院の仕事を手伝おうと思っている。新しい仕事を探すのはそのあとにする予定だ。

もうすぐ孤児院と病院が建つという王宮近くの敷地に着くと、子供たちとたっぷり遊んだ。

夕方近くになった頃、ミルはほんの十数軒ほどしか離れていない王宮へ向かって歩き始めた。

今日は一日中、夕方にゴアを訪問することで気が重かった。

（ゴア様に……事情があるから、どうしても庭師の仕事を辞めさせて欲しいって言おう。ゴア様には十年以上もお世話になっているし、親方が亡くなったあとも僕を雇うことにしてくれた恩人なんだから、最後の挨拶はせめてきちんとしておきたい……）

王宮でダリーと鉢合わせしないかということだけが心配だった。

ミルは顔を隠すために、頭からすっぽりと布で覆う。

ダリーの姿がないか周りに細心の注意を払って、使用人用の門へ向かった。そこで顔見知りの門番に布を解いて顔を見せ、すぐに顔を布で隠す。

その布はなんだ？　と怪しまれたけれど、病気でこうしておかなければならないと医者に言われたのだと言い訳すると、門番は首を傾げながらも納得してくれた。

ゴアにはすでに話が通っており、門番がゴアの部下を呼びに行ってくれると言う。

「お前が来たら知らせるように、と言われているんだ。ちょっと待っていろ」

ミルは門番たちの詰め所の近くに立ち、彼が戻ってくるのを待つことにした。

一人でいると、また悲しい気持ちが襲ってくる。

（これから、ゴア様に仕事を辞めることをお話ししたら……マハラジャには、きっともう一生会えなくなるんだろうな……）

二日前の昼間、傷ついた顔で寺院の前から去って行ったマハラジャ。

その姿を思い出したミルの胸は、ズキッと刃物で切られたように痛んだ。

（でも、これでいいんだ。これで……子供たちにもマハラジャにも迷惑をかけないですむ。僕みたいな身分の人間が、マハラジャと恋……なんて、そんな身の程知らずなことを夢見て、幸せだって浮かれて……王宮内を歩いたりしたから、今度のことみたいに罰《ばち》が当たったんだ。本当なら僕は、マハラジャと口をきいてはいけないはずだったのに……）

この国の王であるマハラジャに愛してもらえた自分は、充分に幸せだった。

彼に真っ直ぐに見つめられ、好きだと言ってもらえてうれしかった。

自分のことを一番に愛してくれる気持ち。少なくとも六日前の晩、寺院のそばで一晩を過ごしたとき、彼はそれをくれた。あんなに愛で満たされたと感じたのは生まれて初めてだった。

だから、それだけで充分。

マハラジャと過ごしたこの一ヵ月ほどの間で、自分は一生分の幸せを味わったと思うから、これ以上のことは望まない。

マハラジャのことが好きだから……彼のことを、誰よりも好きだと思っているから。それがマハラジャのためになるなら、二度と会えなくなってもいい。

（ただ、四日後のマハラジャの戴冠式を、中庭いっぱいのきれいな花でお祝いして差し上げたかったのに……僕の手でそれができないことだけが残念で……）

また辛い気持ちが込み上げてきたとき、先ほどの門番がゴアの部下らしき男性と二人で王宮の建物の方から戻ってくるのが見えた。

あの男性がゴアのところへ連れて行ってくれるのだろう。

そう思って二人が来るのを待っていたミルは、王宮の建物の前から出発した一台の馬車が彼らの脇を追い越して近づいてくるのに気づき、ハッとした。

万が一のことを考えて姿を見られないよう、詰め所の建物の角にサッと身を隠す。

そっと目だけを覗かせていると、馬車が門の前で停まり、三人の門番たちが大きく重厚な門をゆっくりと左右に開けていくのが見えた。

門が完全に開ききる前に、先ほどの門番とゴアの部下らしき老人が詰め所に着いた。

「おい、ミル、どこにいるっ？　ミルっ？」

姿が見えないことを不審に思ってか、門番がキョロキョロと辺りを見回し大声で呼ぶ。

ミルはあわてて詰め所の建物の角から出て行った。

「すみません、あの、大きな声を……」

彼らの前に立ち、大声を出さないようにと頼みかけたとき、門の前に停まっていた馬車の扉が内側から開いた。

ミルがギクッとしてそちらを見ると、男性が一人降りてくる。

「ミルだって……？」

「!!」

眉を寄せた男性は貴族らしい華美な服装をしており、茶色の髪をしていた。

一番会いたくなかった男性の顔を見て、ミルは息が止まるかと思う。

（ダ、ダリー様……っ!?）

ダリーは馬車の中に残っているお付きの者らしい男性に、まだ馬車を出すな、と命じて、十歩ほど離れたところにいるミルたち三人の方へ近寄ってくる。

ミルの胸は焦《あせ》りでドクドクと鳴っていた。

ダリーは布から目だけを出しているミルの前に立ち、うかがうように見つめる。

「おい、お前、その顔に巻いている布を取れ」

「ダリー様……？」

門番とゴアの部下が訝《いぶか》しそうに見守る前で、彼は硬い声でイラついたように命じた。

「布を取れと言っただろう、早くしろっ！」

「あ……っ!!」

素早く手を伸ばした彼に、頭に巻いていた布をつかまれて乱暴に剝ぎ取られる。

自分だとバレてしまう！　そう思って固まり動けなくなったミルの顔を見たダリーが、布を手に目を見張った。

「お前は……」

彼は、予想どおりだった、と言わんばかりに、深く眉間《みけん》を寄せる。

「ミルという名前が聞こえて、まさかと思ったが」

ダリーの顔は見る見るうちに怒りに染められ、唇が細かく震え始めた。

「お前、この前言ったことを覚えているだろうな？　王宮でもう一度お前の姿を見かけたら、どうなっても知らない、と言っておいただろう？」

「……っ」

「いい根性をしているじゃないか、覚悟はできているんだろうな？」

彼は息を呑んでいるミルの腕をつかみ、ぐいと引っ張る。

「来い、俺に盾ついたらどうなるか思い知らせてやるっ」

「あ……っ」

小さな悲鳴を上げたミルは、踵を返したダリーに力ずくで馬車の方へ引きずられて行く。

ゴアの部下の老人があわてたように追ってきた。

「ダリー様、なにをなされるのですか？　その者はゴア様に会いに来たのです。これからゴア様のところへ連れて行く約束になっておりますので……」

「そんなことは俺の知ったことじゃないっ！」

振り返ったダリーはもの凄《すご》い形相で彼を睨みつける。

「ゴアに言っておけ、こいつは貴族である俺に許しがたい無礼を働いた。だから、相応の罰を与えるために俺が連れて帰ったとなっ！」

「ダ、ダリー様……」

ゴアの部下も門番たちも手を出せずに見守る中、ダリーはミルを馬車の中に引き込んだ。

彼は馬車の床にミルを投げつけるように放り入れると素早く扉を閉め、出発を待っていた御者に向かって声を張る。

「馬車を出せっ」

王宮の門を滑り抜け、馬車は町の中へ向かって走り出した。

床に倒れたミルは、座席にドサッと横柄《おうへい》に腰を下ろしたダリーの冷たい目に睨まれて、息をすることもできない気分だった。

ダリーの馬車で連れて行かれたのは、王宮のある都からだいぶ離れたところだった。

大河沿いに建っている大きな倉庫。

そこに着いたときにはすでに日が落ちて夜になっていたが、篝火に囲まれた入り口や建物の周りに十人以上もの見張りがいて驚いた。

ダリーたちに中へ入れられると、ミルは二人の男に両脇から拘束されて歩かされる。

奥にある牢のような部屋の格子《こうし》扉が開かれ、背中を乱暴にドンと突き飛ばされた。

「ほら、ここに入れっ！」

ミルは前につんのめりながらも、なんとか転ばずにこらえる。

中に入れられるなり、ミルの背後でバタンと格子扉が占められた。素手では壊せそうにない太く頑丈なそれに、ガシャンと金属の硬い音とともに鍵が下ろされた。

「ここは……この人たちはいったい？」

牢の中には二十人以上の先客がいた。

男女共に床に座り込んで膝を抱えている。何日も小さな窓一つしかない部屋に閉じ込められているのか、皆、疲れた顔をして、すでに逃げ出そうという気力すら失っている様子だ。

「お前は、そいつらといっしょに明日、外国に売られるんだ」

ミルが振り返って格子扉の方へ向き直ると、牢の外にお付きの男と二人で立つダリーが、勝ち誇ったかのように笑った。

「……っ!!」

「この国の王宮の庭師だった奴だと分かれば、誰かは面白がって買うだろう。お前の行く末を見届けて楽しみたいことだし……いつもはあまりここに長居することはないんだが、明日、俺も奴隷市を見てから帰ることにしよう」

「奴隷市、って、じゃあ……」

口の端を上げて品なく笑っているダリーに、ミルは青くなりゴクリと唾を飲み込んだ。

「あなたは、寺院を追い出された孤児の子供たちを外国に奴隷として売り飛ばす、なんて言っていたけど……これまでも、ずっとこんなことを? あなた自身がこの国の人たちをさらって、奴隷市を開いて外国に売るようなことをしていたんですか……?」

「そうだ」

ダリーは胸の前で腕組みをし、嫌味っぽく言って頷く。

「ここは競売に出す前に、奴隷として売られる奴を集めておくところだ。お前は俺が取り替えた毒花入りのケーキを食っても死ななかったらしいが、これでついに死んだも同じだな。いや……どこの国の奴がお前を買うかは知らないが、奴隷としての生活は、今ここで殺されて死ぬよりも苦しく辛いものになるだろう」

「え……」

ミルは視線を揺らして、格子扉の向こうのダリーを見つめた。

「俺が取り替えた……？　毒花入りのケーキ、って……？」

「察しの悪い奴だな。だから、ラシュが隣国の宰相《さいしょう》と茶会をしようとしたあの日、俺が花のケーキを毒花入りのものに取り替えたんだ」

「!!」

衝撃に息を呑んだミルに、ダリーは腕組みをしたままで軽く肩をすくめる。

「いや、正確に言うと、取り替えたのは俺じゃない。俺がラシュに挨拶に行っている間に、連れていった供の者が厨房《ちゅうぼう》に行き、王宮の使用人たちが目を離した隙《すき》に、ケーキを毒花入りのものと取り替えた」

「ど、どうしてそんなことを……」

ミルが思わず目の前の格子をつかむと、ダリーはさらにいやらしく唇の端を上げた。

「くだらない女官の件で、俺に北の土地を渡さないと言ったり、自宅で謹慎するように言ったり……ラシュがあまりにも思い上がっているから、ちょっと思い知らせてやろうと思って、毒入りのケーキを食べさせることにした」

「思い知らせる、って……そんなことではすまなくて、毒花入りのケーキを食べたら、マハラジャは死んでしまっていたかもしれないんですよっ？　それに、隣国の宰相やそのお付きの方たちも。そんなことになったら、隣国との間で戦争になっていたかもしれなくて……そのことを少しでも考えられたのですか……っ？」

「俺はとにかく大ごとになりさえすればよかった。あの毒花入りのケーキでラシュが死のうが隣国の宰相が死のうが、どっちでも構わなかったんだ。まあ、実際にはお前みたいな身分のない使用人が多少苦しんだだけで、予定が狂ってしまったんだが……」

「な、なんて大それたことをしようとなされたのですか……っ？」

頭の中に、隣国の宰相とのお茶会があった日のことが、鮮やかに蘇《よみがえ》ってくる。

あの日、ダリーはマハラジャに、これからは心を入れ替える……と宣言しに来たらしいが、あのとき、本当は同伴してきた家臣に命じて、ケーキを毒花入りのものと取り替えさせていた。マハラジャを毒殺しようとしていたのだ。

マハラジャに反省を伝えに来たのも、皆が食べるケーキを取り替えるために、謹慎中になんとかして王宮に入れる口実が欲しかっただけなのだ。

（な、なんてことを……っ!?）

ミルにはダリーの行為が信じられなかった。

マハラジャや隣国の宰相を毒殺なんて、ミルへの嫌がらせとはまるで事の重大さが違う。

隣国の宰相は、マハラジャの即位の祝いに来てくれたのだ。それがこの国で殺されたなどということになったら、最悪の場合は隣国との戦争にもなりかねない。

国を混乱に陥《おとしい》れ、国民を苦しめるかもしれないのに……ただ、自分の意のままにならないマハラジャを追い落とすためにそんな事態を平気で招こうとしたなんて。

あまりに幼稚《ようち》で、自分のことしか考えていない。とても、この国で王家の次に力のある貴族がすることとは思えなかった。

（なんて……なんて酷い人なんだろうっ!!）

ミルはギュッと唇を噛みしめ、格子をつかむ手に力を込める。

怒りに震えていると、ダリーの隣に控えていたお付きの男が心配顔で問いかけた。

「ダリー様、今のようなお話をこの者にしてもよろしかったのですか？」

「構わないさ」

ダリーはさらりと答え、ミルの方へ顎をしゃくる。

「どうせこいつは奴隷として売られて、明日にはこの国から永遠にいなくなる。ラシュに言いつけようと思ってもできないんだ、この話が他へ漏《も》れることはない」

「それもそうですね……」

ミルをジロジロと見たダリーのお付きの者が、下卑《げび》た忍び笑いを漏らした。

「それでは、西の国の勢力を引き入れるのはいつにいたしますか？　西の国の王は、ダリー様からのご連絡を、首を長くしてお待ちになっていらっしゃるとか」

彼はダリーの言葉に安心してか、ペラペラと喋《しゃべ》り始める。

「西の国の王はすでに軍隊を揃えているとのことです。あとはダリー様のご協力さえあれば、いつでもこの国に攻め込む準備ができているそうで……」

「そうだな、まあ、二、三日中にはこの国に西の国の勢力を引き入れることにしよう」

西の国、という言葉に、ミルの頬から一気に血の気が引いた。

西にあるその砂漠の国とこの国は、長年に渡って敵対関係にある。

今は小康状態が続いているが、砂ばかりの土地を持つ西の国が、この国の水と緑豊かな土地を狙って何度も攻め込んで来ようとしたため、争いが耐えなかったのだ。

ダリーがその国の勢力を引き入れる、なんて……。

「まさか……あなたは、西の国とも通じているんですか？」

「ああ、そうだ」

信じられない思いで問いかけたミルに、ダリーは笑いながら頷いた。

「ラシュのような、生まれからして卑しい人間をマハラジャにする……そんな今の王制はいったん潰れてしまった方が皆のためだろう？　だから、俺が西の国の勢力を引き入れて、ラシュやその父親、それからあいつらに従っている家臣どもをこの国から追い出す。そうやって、いったんこの国をきれいにしてから、俺が西の国の後ろ盾でマハラジャになる。西の国の王とはそういう約束になっているんだ」

「……っ!!」

「四日後のマハラジャの戴冠式の準備で、この国の連中は、皆、浮き足立っている。西の国が攻め込んで来たら、ひとたまりもないさ」

愛国心の欠片《かけら》もない発言を、ミルは許せそうもなかった。

（……マハラジャに毒を盛ろうとしただけじゃ飽き足らなくて……ダリー様は、外国の勢力を引き入れて……本気で、この国を戦場にしようとしている？　そのために苦しむ国民がいるなんてことを、少しも考えないで……）

ミルはダリーを格子越しに睨みつける。

(西の国が攻め込んで来たら、大変なことになる。このことを、なんとかしてマハラジャにお知らせしないと……っ！)

気持ちは焦ったが、牢の中にいる自分にはなにもできない。

ミルの悔しさを見透かしたかのように、ダリーがまた蔑《さげす》むような笑みを浮かべる。

「明日になったら、ここにいる者たちは、川沿いに作られている屋外の壇上で一人ずつ値をつけられる。客に買われたら、目立たないようそのまま船に乗せられて、外国まで連れて行かれるんだ。お前も、この国で眠れるのは今夜限りだぞ」

「……っ」

「せいぜい、明日を楽しみにしておけ。本当に、俺に盾ついたお前が奴隷として売られるところを見られるなんて、楽しくてたまらない」

高笑いを残して去って行くダリーの背中を、ミルは唇を噛んで見送った。

◇

翌日の正午過ぎ、ミルは牢の外へ連れ出された。

牢にいた二十人ほどの男女もいっしょだ。逃げられないように縄を胸の辺りで何重にも巻かれて、腕が動かせない。

その状態で一列に並ばされて倉庫を出ると、裏手の大河沿いにある奴隷市の会場へと向かう。ミルの寝室の十数倍はある木造の広い壇に上がらされた。

他の者たちと横一列に並ばされたミルからは、会場全体がよく見渡せた。

正面の広場には、奴隷を競り落としに来た者たちが五十人近く座っていた。屋根付きで日陰になったそこは涼しそうで、木のテーブルと椅子《いす》が並んでいる。ほとんどの者が顔を見られないように布を頭からすっぽりと被っており、テーブルの上に用意された酒や料理を悠々と口にしながら、壇上に立つミルたちの品定めをしている。

彼らの背後には大河が流れ、真昼の太陽を反射して水面が眩しいくらいに光っていた。桟橋《さんばし》に多くの船が繋がれている。奴隷として売られたあとはすぐにその船で外国に連れて行かれる、というダリーの話は本当なのだろう。

(マハラジャに、西の国の危険を知らせることができないだけじゃない。もう二度と……この国に戻ってくることさえ、できないのかな……?)

昨夜から水も食事も与えられていない身体には、頭上から照りつける強烈な日差しが辛い。暑さに汗をかき、目眩《めまい》さえしてくる。

頭がぼんやりとしてきたとき、壇上にダリーが上がって来るのが見えた。

「どうだ、これから奴隷として売られる気分は?」

目の前に立った彼の嫌味っぽい笑い方から、彼の自分への恨みの深さがうかがえた。

「孤児だったそうだし、どうせこの国にはお前の行方を探してくれる人間なんていないんだろう？　これまでも独りだったんだから、外国に行って独りになっても、そう変わるものでもないだろう。まあ、せいぜい高値で売れるように媚《こび》を売れよ？」

彼は笑いながら階段を下りて行き、競り人たちの最前列に座る。

取り巻き連中らしい男たちから手にした杯《さかずき》に酒を注がれ、昼間からガブガブと浴びるように飲みながら、市場の進行を楽しそうに眺めていた。

いっしょに並んでいた男女が次々に競り落とされ、買受人に連れられて壇上から消えていく。

いよいよ、ミルの順番が回ってきた。

よく見えるよう、一人だけ前に出て立たされる。

王宮で働いていたことや、庭師として手に職があること、そしてなによりも年が若いこともあって、値段は他の者たちよりもすぐに釣り上がった。

「七千五百っ」

「八千」

会場のあちこちから声が上がる。

「八千五百っ」

通常は七千前後で買い受けられるところを、八千五百の値がついた。他に声は上がらず、そこで買い値が決定かと思われたそのとき、しゃがれた老人の声が会場の後方でした。

「一万！」

ミルのそばに立つ進行役の男が、会場内をキョロキョロと見回す。

「一万、他にありませんかっ？　他にもっと高値をつける方は……おられませんか？……いらっしゃらないようですので、それでは一万で落札です！」

彼が言うと、ミルを競り落とした老人が壇上に上がって来る。

すっぽりと布で顔を覆った彼の背後に、背の高い男が二人ついてきた。

同じように顔が見えないように布を被って、遠い砂漠に住む者たちのように、全身を砂避《よ》けのマントのようなもので包んでいる。

立派な体格の二人は、老人が護衛として連れている使用人のようだった。

(どこの国の……どんな人？)

ミルがゴクリと唾を飲み込んだとき、使用人らしき男のうちの一人が近づいてくる。

彼は耳元で囁《ささや》いた。

「もう大丈夫だ、ミル」

「……っ!?」

息を呑んだミルの目の前で、男がほんの少しだけ頭に被っていた布を上げる。

灰色の目と金髪がチラリと覗き、ミルは目を見張る。

「マ……」

マハラジャ!?　と思わず声にしそうになった寸前に、彼に素早く口を塞がれた。

「しっ……黙っていろ」

マハラジャは呆然としているミルを、傍らのもう一人の体格のよい男の方へ引き渡す。

「ミルを頼む」

「は……っ」

ミルは、自分の背後に回り込んだ男がカッサムだとその声から気づいた。

「マ、マハラジャ……?」

「これからダリーを捕らえる。お前は怪我をしないよう、カッサムと隅に寄っていろ」

マハラジャは小声で言ってすぐ、ミルを落札した老人の方を向く。

「兵士たちの準備は整っているな?」

「はい」

しっかりとした口調で答えた老人は、どうやら王宮の軍の責任者のようだった。

「ここの警備をしていた連中は、全て捕らえました。会場の周りに身を潜めております兵士たちは、いつでもマハラジャのご指示で動けるようになっております」

「よし」

頷いたマハラジャに、ミルはハッと思い出した。

真っ青になって、彼に小声で言う。

「そ……そうだ、マハラジャ、大変なんですっ！　ダリー様は西の国の軍隊をこの国に引き込もうとしていて。マハラジャの戴冠式のどさくさに紛《まぎ》れて、この国の王権をなきものにしようとしています。西の国はすでに軍を整えているとのことでしたので、もしかしたらもう国境近くまで来ているかも……っ」

「安心しろ、そのことも知っている」

マハラジャは布の陰から灰色の目を覗かせ、ミルに向かって力強く頷いた。

「大丈夫だ。とりあえず、ここは俺に任せておけ」

「おい、なにをしているっ？」

ミルたちの立つ壇上からすぐ足元に見えているダリーが、酒の杯を手に喚《わめ》き立てる。

「進行役、さっさと金を受け取って、早く次の奴の競りに移れっ！　どんどん進めないと、興《きょう》が削《そ》がれるじゃないか。日が暮れてしまうぞっ」

進行役の男が金を要求しに近寄って来ようとしたのを、マハラジャが手で制した。

戸惑い顔になった彼の前で、マハラジャはするっと頭から布を剝ぎ取る。

煌めく金髪と、美しい銅色の肌。そして灰色の目をさらしたかと思うと、足元のダリーへと厳しい声と視線を向けた。

「ダリー、なにをやっている？」

「……っ!?」

ダリーが酒の杯を手にして椅子に座ったままで、ピタッと固まった。

「ラ……ラシュ……っ!?」

その目は驚愕《きょうがく》に見開かれ、頰が見る見るうちに蒼白になる。

「お、お前、どうしてここに……」

ダリーの手から滑り落ちた杯が、硬い音を立てて床に転がった。

マハラジャは静かに壇上から声を降らせる。

「以前からお前が人身売買に関わっているという噂《うわさ》があって、俺は内々で調査をしていたんだ。つい最近、この奴隷市の存在も知って……次にこういった市が開かれたときに踏み込むつもりで、機会をうかがっていた」

「……っ!?」

「二、三日前に、今日この市が開かれるという知らせを受けて、皆で現場を押さえる準備をしていたところだった。そこに、昨日、王宮に来たミルがお前に連れ去られてしまったと、門番とゴアの部下から報告があって……お前とミルの行方を探していた。今朝になって……この近くに潜ませておいた兵士たちから、ここの倉庫に連れ込まれた人間の中にどうもミルと似た背格好と年齢の者がいるとの連絡が入った。まさか、お前がミルを奴隷として売り飛ばそうなどとしているとは考えたくなかった。そうでなければいいと思いながら急いでここへ来たが……どうやら本当に、お前は性根まで腐っていたようだな」

マハラジャは硬い声のままで続けた。

「王族の血を引いていながら、国民の人身売買に関わっていたとは。ダリー、恥を知れっ！」

彼がサッと手を上げると、競り人たちの背後で兵士たちがいっせいに立ち上がる。

二百人ほどの兵士たちが、川辺に生えている背の高い草の陰や、屋根を支えている会場の周りの柱の陰から、ぞくぞくと姿を現した。

どこにこれだけ身を隠していたのかと思うほどの人数が、抜き身の剣を手にし、五十人ほどの競り人たちを取り囲んでいく。

その様子を、壇上のミルは息を呑んで見つめていた。

(王宮の兵士たちが、こんなに……)

逃げ道を断たれた競り人たちが、キョロキョロと視線を泳がせている。

兵士たちの人数の多さから逃げられないと悟ってか、彼らは抵抗を諦めたように大人しくテーブルから動かず、椅子に座ったままだった。

ザワめく会場の中で一人、ダリーが苦々しく舌打ちする。

「くそ……っ!」

彼はテーブルに立てかけておいた自分の剣を手にし、すらりと鞘《さや》から引き抜いた。

「ダ、ダリー様……」

同じテーブルにいた取り巻きらしい男が、彼を止めようと手を伸ばしかける。

ダリーはそれを乱暴に打ち払い、宣戦布告でもするかのように、剣先をピタリと壇上のマハラジャに向けた。

「こうなったら、この場でお前を殺すしかない。お前が死ねば、順番から言って次のマハラジャはこの俺だ。俺がマハラジャの第一候補になったら、ここにいる奴らも俺を殺せないだろう」

「ダリー、やめておけ。もうこれ以上の罪を重ねるな」

落ち着いた声のマハラジャの足元から、ダリーが激昂《げっこう》したように叫ぶ。

「うるさいっ！　奴隷市のことがバレたなら、どうせもう俺は終わりだ！　こうなったら、この国を乗っ取って俺のものにするしかない！」

「やめろと言っているだろう？」

ミルのそばに立つマハラジャの横顔は、冷静で落ち着いていた。

「気づいていないのか？　俺がどうしてこの会場に入れたと思う？　俺の手の者たちが、すでにこの場所の見張りをしていた者たちを全て拘束してしまったからだろう？　お前が一人でいくら抵抗しても無駄だ。逃げ切れないと分かっているのだから、大人しく剣を引け」

「ふん、そう上手《うま》くいくと思うなよ？」

ダリーは壇の中央につけられた階段の方へ向かってくる。

その下から、壇上のマハラジャを恨みがましい目で睨み上げた。

「どれくらいの数の兵士を連れてきたのか知らないが、俺には西の国がついているんだぞ。ちょうどこの奴隷市が終わったら、王の代理の者と打ち合わせをする予定になっている。俺が現れないとなれば、この国に攻め込む計画がバレたと思って、何千、何万という軍が雪崩《なだ》れ込んで来るだろう。マハラジャの戴冠式で浮かれて、なんの備えもしていないこの国は、すぐに滅ぼされてしまうだろうな。それでもいいのか？　俺のことより、さっさと王宮に帰って、西の国から来る軍隊への対策を考えた方がいいんじゃないのか？　ええ、ラシュ？」

ハハハ、と笑い声を響かせたダリーに、マハラジャは静かな声で言う。

「……残念だが、西の国からの軍隊は来ない」

「なに？」

ダリーがピタッと笑うのを止めた。

マハラジャは壇上から彼を見つめ、淡々と続ける。

「今朝早くミルがここにいると分かってから、王宮にいたお前の取り巻き連中を取り調べさせてもらった。少々手荒なことをしたが……そのときに、お前が西の国の王と結託していることも聞いた。それで、すぐに西の国に使いの者を送ったんだ。どうやらわが国の者と通じて、近々、軍隊を送り込む計画があるなどという噂を聞いたが、こちらも戴冠式が近いからといって国防から手を抜いているわけではない。迎え討つ準備はいつでも整っているが、よもやそのようなことを企んでいる事実はないだろうな、と言付けに行かせた」

彼は哀れむような目で足元のダリーを見下ろした。

「ついさっき、西の国から使いの者が帰ってきた。西の国の王はこの国に攻め込むつもりなど毛頭ないとのことだ。後日、俺の戴冠式の祝いにぜひこの国へ来たいと言っていたという。この国の者と通じたこともないし、お前のことなぞ知らない、とのことだったぞ」

「……っ!!」

「念のために物見に行かせた者からの報告によれば、王はわが国からの使者が到着してすぐ、国境周辺に集めていた軍隊を都に戻したそうだ。争うつもりはない、との意思表示だろう」

「くっ……そっ、くそぉ……っ!!　あいつ、裏切りやがったなっ!!」

ダリーは奥歯を噛みしめ、剣を身体の前で強く握り直す。

「だったら、なおさらお前を殺すしかない。殺してやるっ!!」

彼はマハラジャを睨みつけ、剣を大きく振り被ってダッと十段ほどの階段を駆け上がった。

「ラシュ、死ねぇ……っ!!」

壇上に上がるなり、真っ直ぐにマハラジャに向かっていく。

ミルは悲鳴を上げた。

「マハラジャ……っ!!」

付き添ってくれていたカッサムを振り切り、胸にまだ縄を巻かれている状態ではなにもできるはずはなかったが、思わずマハラジャを助けようと彼に駆け寄ろうとした。

だが、背後からカッサムに身体を羽交《はが》い締めにされる。

「おい、やめろ……っ」

「離してください、マハラジャが……っ!」

ミルが身体を捻《ひね》って逃れようとしているうちに、ダリーが素早く剣を振り下ろした。

マハラジャが斬《き》られる!

目を見張ったミルの目前で、マハラジャはまとっていた黒いマントのような服をサッと剝がすと、脇に投げるように脱ぎ捨てる。

その一瞬後、服の下に隠して腰に差していた剣を、素早く引き抜いた。

ガキッ、と金属音を立て、マハラジャの剣がダリーの剣を頭上で受け止める。

「く……っ」

いまいましそうに奥歯を嚙んだダリーが、後方に飛び退《の》いた。

間合いを取った二人。

壇上に残っていた進行役の男や、これから売られるところだった男女が、巻き添えを恐れて遠くへじりじりと後退していく。

(マハラジャ……っ!)

ミルはカッサムに背後から拘束されたままで、息を詰めて二人を見守った。

剣先が触れ合うか触れ合わないかの距離でしばらく睨み合っていたマハラジャとダリーだったが、ダリーが我慢できずに床を蹴る。

「ラシュ、くたばれ……っ」

もう一度振り下ろされた剣を、マハラジャの剣が弾き飛ばした。

クルクルと回転して空中を飛んだそれが、ダリーの十歩ほど後方に……競売人たちが座っている壇下の床に、ガシャンッと大きな音を立てて落ちる。

「痛……っ」

ダリーが顔をしかめ、身体の前で右の手首を庇《かば》った。

「ここまでだ」

マハラジャが鋭い剣先を、ダリーの喉元にピタリと突きつける。

彼はダリーを静かに睨みつけ、厳しい口調で言った。

「叔母上に免じて、ここでお前の命を取ることまではしない。だが、この国の大事な民を外国に奴隷として売っていたうえ、不必要な戦争を招こうとしていたなどと……この罪は重いぞ。お前の家からはすぐに貴族の地位を取り上げる。やがて裁判をして、民を苦しめた罪は必ず償ってもらうから、そのつもりでいろ」

「……っ」

「誰か、ダリーを連れて行け。都の牢に繋ぐんだ」

先ほど壇上に上がって来た老人が、近くにいた兵士二人にダリーの拘束を命じる。

彼が引き立てられていくのを見送ったマハラジャは、正面に顔を上げた。

競り人たちが動くこともできずに座っている会場内をぐるりと見回すと、その周りを囲んでいる兵士たちに声を張って命じた。

「ここにいる奴らを全員拘束しろっ。この国の者も、外国の者も、人身売買に関わっていた奴らには全員に重い罰を与える。一人も逃がすなっ！」

「は……っ」

返事をした兵士たちが、次々と競り人たちを捕らえていく。

ようやく安全になったと判断してか、カッサムが身体を放してくれた。

胸に巻かれていた縄を切ってもらったミルは、剣を腰の鞘にしまったマハラジャの元へ走る。

「マハラジャ……っ！」

「ミル……っ！」

彼はミルの身体を引き寄せると、広い胸に抱きすくめた。

息もできないほどの腕の力強さに、ミルはじわりと涙ぐみそうになる。

「ミル……身体は大丈夫か？」

「へ、平気です」

やっとそれだけ言ったミルの耳元で、マハラジャが安堵の長い息を漏らした。

「お前が無事でよかった。ダリーを捕らえることよりもなによりも、まずはお前の安全を確保することが最優先事項だった。お前が無事であることが、俺の一番の願いだったんだ」

「マハラジャ……」

彼の温もりに包まれて安心していると、そばに来たカッサムが肩で息を吐いた。

「とにかく、よかった。お前の身を心配して、マハラジャは昨夜一睡もされていないんだ」

「え……？」

「昨日の夕方、私の父に会いに来たお前がダリー様の馬車で連れ去られて……それからお前の居場所が分かった今朝早くまで、マハラジャはお前の安否を気にしてお眠りにならなかった。そのままここへいらっしゃったのだ」

「そんな……じゃあ、マハラジャ、お疲れなんじゃ……」

ミルがそっと胸から身体を離して見つめると、マハラジャはミルの腰を抱いたままで微笑む。

「いいんだ。お前の身が危ないかもしれないと思うと、とても眠ってなどいられなかった。お前をこうしてダリーから救えて、俺は本当にうれしい」

「どうして……」

やさしげな眼差しに、ミルの胸はズキッと鈍く痛んだ。

「どうしてですか？　どうして、そこまでして……マハラジャは僕の行方を探したり……助けに来たりしてくれたんですか？」

「俺はお前が好きなんだ。助けに来たらいけなかったのか？」

「だって、僕は……マハラジャに酷いことを言ったのに。本当に、マハラジャを傷つけるような酷いことを、いろいろと……」

身体を重ねたのは、相手が身分の高いマハラジャだから仕方なくだったのだ、とか。マハラジャのお遊びにはもう付き合いたくない、とか。会いたくない、とか。

寺院が壊された次の日、ミルが庭師の仕事を休むために嘘で申告した病気を心配して来てくれたマハラジャに、失礼で酷い言葉を浴びせかけた。

あのときのことを思い出しただけで、今も申し訳なさに泣けてくるほどだ。

「マハラジャは、すごく嫌な思いをされたはずなのに……」

ミルは涙の滲んだ目で、自分の腰を抱くマハラジャを見上げた。

「それなのに、どうして僕のためにここに来てくださったり……そうやって、僕のことを好きだと言ったりしてくださるんですか？　どうして……」

「お前を嫌いになれるわけがない。お前はあのとき、俺のためを思って酷い言葉を口にしたのに」

もう一度、身体をギュッと引き寄せられ、マハラジャの広い胸に強く抱きすくめられた。

「お前の行方が分からなくなって……新しい孤児院にも探しに行ったとき、あのムファリという女性から聞いた。以前、寺院を壊して子供たちを追い出したのが、ダリーだということを。ムファリはまだ俺をマハラジャとは知らないままだが、お前がダリーに脅されて王宮の仕事を辞めようとしていたことを、俺に話してくれた」

ミルの背中を抱くマハラジャの腕に、これ以上はないというくらいに力が入る。

「お前が俺にあんなふうに言ったのは、俺を危険から遠ざけようとしてのことだったんだろう？　そんなふうに俺や子供たちのことを守ろうとした……そんないじらしいお前を、どうして嫌いになんてなれるんだ？」

「マハラジャ……」

「むしろ、あのときお前の辛い気持ちに気づいてやれなかった自分が情けない。お前の気持ちを分かってやれなくて、すまなかった」

「あ……」

ミルの胸に切なさのようなものが湧き上がって、目の前が涙でじわじわと滲んでくる。

マハラジャがその涙に口づけ、そっと吸い取ってくれた。

「だが、ダリーのことは、できれば俺に相談して欲しかった。お前が一人で悩んで胸を痛めていたのかと思うと、今もたまらない気持ちになる」

「す、すみません……っ」

ミルが首を横に振ると、またすぐに溢れてきた涙がマハラジャの胸に飛び散る。

「マハラジャに相談したことが分かったら、子供たちやあなたになにをされるか分からない、と思って……だからお話しできなかったんです」

マハラジャをダリーの悪意から完全に守りたかったのだ。

「でも、結局、こんなことになって……マハラジャを危ない目に遭わせるようなことになってしまいました。ごめんなさい……っ」

マハラジャの服の胸元をつかむと、またボロボロと涙が溢れ落ちた。

「ごめんなさい、ごめんなさい、酷いことを言って……」

「ミル……」

マハラジャは甘く名前を呼び、ミルの後ろ髪を撫《な》でてくれる。

「そのことはもういい。お前がこうして無事でいてくれた。それだけで俺は充分だから、もうお前は謝らなくていい」

「マハラジャ……」

「お前に……なにもなくてよかった。こうして無事でいてくれて、本当に……っ」

もう一度、ミルを守るように両腕で抱いたマハラジャ。

ミルはその身体が、ほんの少し震えているのに気づいた。

精神的にも肉体的にも他の誰よりも強いだろう人が、これほど心配してくれた。肉親もおらず独りぼっちの自分の無事を案じて、一晩中寝ずに行方を探してくれた。

そう思ったら、申し訳なさとうれしさでミルはまた泣いてしまった。

「僕は、マハラジャの……マハラジャのことが、好きです。大好きです」

声を震わせ、マハラジャの広い背中を強く抱き返す。

「誰よりも、愛……愛しているんだって、今は、そう思います」

泣きじゃくりながら告白すると、いっそう強く抱きしめ返された。

「俺もお前のことを愛している。誰よりも愛している。お前をこうして再びこの腕に抱くことができて、なによりも幸せだ」

「マハラジャ……っ」

また会えた。

誰よりも愛しい人に、生きていて、こうして抱きしめてもらえた。

もう二度と触れることも叶わないかもしれないと思っていた愛しい人の腕に抱かれている今の自分が幸せで、熱い涙が次から次へと流れ出してきて、いっこうに止まってくれなかった。


その後、ミルはマハラジャの馬車に乗せてもらって王宮に帰った。

一週間ぶりに足を踏み入れる、五階にあるマハラジャの部屋。中央に横長のソファとテーブルが置かれた広くて気品に満ちた居間が、とても懐かしく感じられた。

ホッと一息吐いたとき、夕日に染められて目の前に立つマハラジャに頬を包まれた。

「ミル……」

背の高い彼の目を、ミルは見上げる体勢になる。

朱色の薄いベールを被ったかのような美しい灰色の双眸と見つめ合っているだけで、湧き上がってくるマハラジャへの愛しさで身体が蕩けそうだった。

「お前に大事な話がある」

「……？」

なんだろう、とミルが視線を揺らしているうちに、マハラジャがミルの頬から手を離す。その手でミルの手を握った彼は、足元にすっと片膝をついた。

「あ……ど、どうされたんですか……？」

自分よりもずっと身分が低い者の前に跪《ひざまず》くなんて、マハラジャの身分に相応しくない。

ミルが息を呑んだとき、手の甲にそっと接吻を落とされた。

「マ、マハラジャ……？」

ミルの手を取って跪いたままの彼が、愛しそうな眼差しで見上げてくる。

「昨日、お前がダリーに連れ去られて行方が分からなくなったと聞いて……俺は心配で、気が変になりそうだった。お前を心から愛していることを、改めて思い知ったんだ」

熱く力の入った声音だった。

「ミル、頼みがある。俺と……これからも、この王宮でいっしょに……」

「あ、あの……？」

甘く濡れたマハラジャの瞳に、ミルがドキリと胸を鳴らしたとき。

ドアがノックされ、半開きになっていたらしいそこが、不意に外から大きく開かれた。

「マハラジャ……？　開いているようですが、お邪魔してもよろしいでしょうか？　今後のことについて、少しご相談したいことがございまして……」

うかがうように遠慮がちな男の声に、ミルは聞き覚えがあった。

ハッとしてドアの方へ顔を向けたとき、ちょうど居間へ入ってきたゴアと目が合い、彼が呆然と立ちすくむ姿が見えた。

「マハラジャ⁉　な、なにをされているのです……っ⁉」

五十歳過ぎのいかめしい面構《つらがま》えをした彼は、悲鳴を上げた。

「ど……どうか、おやめください。マハラジャがこのような者の前に跪くなど……っ‼」

ゴアはソファの端を回り込み、早足で近づいてくる。

ミルは思わず、マハラジャの手を振り払った。

「……も、申し訳ありませんっ‼」

眉を寄せてそばに立ち止まったゴアに、素早く頭を下げる。

「すみませんでした、僕……ゴア様との約束を破って、マハラジャと口をきいたりしてっ。でも誤解しないでくださいっ。マハラジャは……マハラジャはなにも悪くないんです！　僕が……僕が、マハラジャがよくしてくださるからって、つい調子に乗ってしまって！　だから、どうかマハラジャのことを怒ったりしないでくださいっ」

「……」

「悪いのは僕なんです。どうか……どうぞ、僕をクビにしてください。ゴア様との約束を破ってしまった僕を……っ」

そう言い終えて恐る恐る顔を上げると、ゴアはしかめ面で黙り込んでいた。

きっと怒鳴られる。

罵倒《ばとう》されたあとクビを言い渡される、と全身を緊張させてそれを待っていたミルに、しかし、ゴアは怒りを抑えた静かな声で言った。

「ミル、お前が……」

彼は眉を深く寄せ、ミルを正面から睨みつける。

「お前がマハラジャと口をきいて親しくしていることなど、とっくに知っていた」

「……っ!?」

息を呑んだミルに、ゴアはますます眉間の縦皺《たてじわ》を深くした。

「私の目をそれほど節穴だと思っているのか？　この王宮内で、隣国の宰相やマハラジャが毒殺されるところだった。そんな大きな事件が起こって……マハラジャの代わりに毒を食らった者がいるというのに、その者の名前をこの私が調べないとでも……？」

「あ……」

ミルが視線を大きく揺らすと、ゴアはいかめしい顔のままで、そんなことはありえないだろうと言うように、盛大なため息を吐く。

「私はこの王宮内の全てを統括《とうかつ》する立場にある。その仕事をもう何十年も続けてきた。この私が知らないことなど、ここにはないに等しいのだ」

「……」

「毒で苦しんでいるとき、お前は数日間眠っていて気づかなかったようだが……私はマハラジャのお許しをいただいて、この隣の寝室にも入らせていただいた。お前がマハラジャの寝台に寝ているのも見て知っていた。あのとき、マハラジャがお前のそばにできるだけついていたいとおっしゃられて、いろいろと予定の変更と調整を頼まれたのだ。その代わり、マハラジャの代わりに毒を食らった者を……お部屋に入ってお前の顔を見ることを、マハラジャに許していただいた」

「じゃあ、あのときの声はやっぱりゴア様だったのですか……？」

マハラジャの寝室で看病してもらっているとき、ゴアの声を聞いたような気がした。てっきり、花の毒のせいでの空耳だと思っていたが……。

「……で、では、マハラジャも……僕とマハラジャが口をきいていると、ゴア様に知られていることを……ご存知だったのですか？」

ミルが足元でまだ跪いているマハラジャに問うと、彼は静かに頷く。

「すまない。ゴアに俺たちが親しいことを知られたと、お前が知ったら……お前はきっとそのことをひどく気にすると思った。お前がもう二度と俺と中庭で会ってくれなくなるかもしれないと恐れて、言い出せなかったんだ」

申し訳なさそうに眉尻を落とした彼に、ミルは首を横に振った。

「いいえ、それは……それはいいのですが。でも、じゃあ、どうして今まで、ゴア様は僕をクビになさらなかったのですか……？」

「それは、お前がマハラジャの命を助けたからだ」

顔を上げて見つめたミルに、ゴアはゴホンと咳払《せきばら》いを一つする。

「この王宮で働く者としては当然の行いだと思うが、お前は自分の身体を張って、マハラジャを毒から守った。マハラジャもそのことでお前を信頼しているようだったし……マハラジャはやさしく義理堅い方だから、命を救ってくれたお前と交流を持ちたいのだろうと思い、お前がマハラジャと親しくすることを特別に許していたのだ」

「そう……だったのですか？」

「だが、それも今日までのことだ」

ゴアはきっぱりと厳しい声で言い、ミルの前に膝をついているマハラジャを見下ろした。

「マハラジャ……これまであなたの我《わ》が儘《まま》に目を瞑《つぶ》って参りましたが、もうこれ以上は無理ですぞ。その者の前に跪くなど……ご身分に相応しくない、そのようなことをされるようになられたのも、やはりミルから悪い影響を受けられてのことでしょう」

「……」

「下々の者と親しくなさるお遊びも、もう充分に楽しまれたことと思います。ミルは今回、恩情をかけて庭師をクビにはいたしませんが……マハラジャは今後、いっさいミルと関わることはやめていただきたい」

黙って話を聞いていたマハラジャが、真剣な顔でゴアを見上げる。

「……愛する者の前に跪いて、なにが悪い？」

彼は深く息を吸い、そして堂々と言い放った。

「俺はこの者を……ミルを愛している」

「……っ!?」

息を呑んだミルとゴアに構わず、マハラジャはしっかりとした口調で言う。

「今、跪いていたのは……ミルに俺の生涯の伴侶《はんりょ》になってくれるよう頼むつもりだったからだ」

「マハラジャ……？」

ミルも信じられなかったが、ゴアはポカンと口を開けてしばらく自失の状態でいた。

やがて頬を蒼白にさせ、がっちりとしたその身体をブルブルと震わせ始める。

「ど……どういうことです？　愛している、とは……生涯の……伴侶？　ミルが……？　バカなことをおっしゃらないでください、ご冗談にも程があります！」

「冗談なんかじゃない、俺は本気だ」

マハラジャは膝をついたままで再びミルの手を取り、ミルをじっと愛しそうに見上げた。

「ミル……お前を愛している。どうか、俺の生涯の伴侶になってくれ。これからずっと、この王宮で……俺のそばで暮らしてくれるか？」

「あ、あの、でも……」

ミルは急なことにどうしていいか分からず、頬を赤く染めるだけだった。

ゴアの顔色はますます青くなっていく。

「マハラジャ……で……では、本気でミルを、妃の代わりにしようなどとお考えなのですか?」

「妃の代わりにするんじゃない、妃にするんだ」

「……っ!!」

「お前にも祝福して欲しい。俺はやっと、生涯の伴侶を見つけることができた」

マハラジャがきっぱりと言い切ると、ゴアがサッと顔を上げてミルの方を向いた。

「ク……クビだっ!!」

彼は額に青筋を浮かせ、ミルを指差して叫ぶ。

「お前は本日をもって解雇する!! たとえマハラジャがなんとおっしゃろうと、今後いっさい、この王宮に出入りすることは許さんぞ、分かったな!?」

「あ……」

二人を前に立ち尽くすミルの目の前は、真っ暗になった。

8. マハラジャの愛妻

王宮でゴアからクビを言い渡されてから三日。

ミルはその日、朝から食事もろくに取らず、ずっと寝台の上で上掛けに包まっていた。

下町にある小さな家の窓からは、昼の日差しが差し込んでくる。質素な室内を明るく照らすその光に反して、ミルの心は暗かった。

（マハラジャ……今、どうしていらっしゃるんだろう？）

彼のことをぼんやりと思い出し、手元の敷布にため息を吐く。

マハラジャが自分のことを愛しているとゴアに宣言したあの日から、ミルは王宮に入ることを禁じられている。外でも、マハラジャに会ったことはない。

ミルが解雇されたその日、王宮の門のところまで送ってくれたマハラジャは、ミルに、しばらく待っていてくれ、と言った。ミルと自分の未来を悪いようにはしない。近いうちに必ず連絡の者を行かせる。そう約束してくれて、それまで自宅で待機するようにと言われた。

ミルは彼の言葉を信じて、これまでの二日間を過ごしてきた。

といっても仕事はないので、とりあえず、新しくできた孤児院で子供たちの遊び相手や、ムファリの手伝いをしていた。同じ敷地内で、病院の建設と同時に周りの庭造りも進められていたため、それを手伝わせてもらったりもした。

王宮に近いこともあってか、孤児院ではダリーの噂を耳にした。

彼は現在、王宮の管理する牢に入っている。マハラジャの戴冠式が終わったら、人身売買に関わっていたことや外国の勢力を引き入れようとしていたことについて裁判が行われるという。

そうやって日々を過ごして、今日で三日目。

マハラジャの戴冠式が行われる日が来てしまった。

さすがに今日は孤児院に行く気になれない。ミルは昨日のうちに、ムファリに今日は行けないということを伝えておいた。

（戴冠式……僕のような身分の者が見られる儀式じゃないのは、分かっているけど。でも、マハラジャが見せてくださるっておっしゃったから。正式にこの国の王になられるあの方の姿を、一度でいいから近くで見てみたかった。すごく……本当にすごく、寺院におられる神々みたいにお美しいと思うから……）

王宮から家に帰ってきてから、ミルはずっと不安だった。

このままマハラジャから使いの者が来なかったら、どうしよう。二人の未来を悪いようにはしないと言ってくれたけれど、あれだけ怒っていたゴアが、そう簡単に自分を王宮の庭師の職に戻してくれるとは思えない。

もし、マハラジャがゴアを説得することを諦め……そのうち自分のことも忘れてしまったら。

王宮にさえ入れない自分は、もう二度と彼の顔を見ることすらできなくなる。

そうしたら、自分のマハラジャへの気持ちをどこへ持っていけばいいいんだろう。これほど恋しくて愛しい相手を、忘れることなんてできるのだろうか……？

（マハラジャ……）

彼のことを考えると、切ないもので胸がいっぱいになる。

泣いてしまいそうになったミルは、包まった上掛けを胸の前でギュッと握り込んだ。

（マハラジャのことが好きです。お会いしたい。早く……今すぐにでも、お会いしたいと思っています。マハラジャ……っ）

ミルがギュッと目を閉じたとき、玄関の方でドンドンとドアを叩く音がした。

ビクッと身体を震わせたあと、あわてて寝台を降りる。

寝室から食堂を兼ねた居間の方へ出て行ったミルの胸は、ドキドキと高鳴っていた。

（もしかして、マハラジャの使いの方が……？）

ゴクリと唾を飲み込み、緊張しつつそっとドアを開ける。

「はい……」

家の前の路地には、背の高い男が立っていた。

背後に立派な馬車を停めている黒髪の彼に、ミルは目を見張った。

「あ、カッサム様……？」


馬車に乗せられたミルは、王宮へ向けて出発した。

下町を抜けていく馬車の中でも、ミルはずっと不安だった。

自分が王宮に行ったりしてもいいんだろうか。これから、自分の王宮での処遇はどうなるのだろう。ゴアはまだ、約束を破った自分のことを怒っているのじゃないだろうか。

マハラジャは……どういうつもりで、自分を王宮に呼んだのだろう。

「着けば分かる」

隣のカッサムに訊《たず》ねても、脚を組んで座る彼はそう言うだけだ。

いつも楽しそうに笑っているのが代名詞みたいな彼が、神妙な顔をしている。その表情を見たミルがますます不安を募らせているうちに、馬車は王宮の門の中へと入っていく。

ミルがいつも使っている使用人用の入り口ではなく、貴族用のそれの前に横付けされた。

「さあ、こっちだ」

カッサムに促されて、豪奢《ごうしゃ》なシャンデリアの下がる廊下を歩いて行く。

彼が立ち止まったのは、一階の一つの扉の前だった。

普通の部屋の扉とは違って、立派なそれは左右開きになっている。重厚な造りのその前に守衛が二人立っており、厳重に警備されていた。

「ここは……あ、ゴア様？」

守衛のそばに、胸の前で腕組みをしたゴアが立っていた。

もともと、いつもいかめしい顔をしている彼だが、今日は特に不機嫌そうに見える。ムスッと口を引き結んでいるせいかもしれなかった。

隣で立ち止まったカッサムが、静かな口調で説明してくれる。

「お前はここを見るのは初めてだろうが……この扉は、マハラジャが中庭に入るときに使われているものだ。この向こうに、お前がいつも手入れをしているあの中庭がある」

「ミル、入れ」

扉の方を顎でしゃくったゴアに、ミルは息を呑んだ。

「え……で、でも……？」

「マハラジャが、中でお前をお待ちなのだ」

眉を寄せたゴアに促されても、とても身体が動かなかった。

「でも、中庭にはマハラジャしか入ってはいけないことになっているのでは……僕はもう、庭師もクビになっています。それにマハラジャ用の扉から中に入るなんて、とても……」

ミルが首を横に振ると、ゴアはイラついたように声を厳しくする。

「早くしろ。このあと、いろいろと予定が押しているんだ」

「予定……？　あ、そういえば……マハラジャの戴冠式はもうお済みになられたのですか？　マハラジャが……でも、中庭にいらっしゃるのなら、準備とかが……」

言葉を続けようとしたミルの背後に回り込んだゴアが、背中をぐいと押した。

「とにかく早く行け！　そう言っているだろうがっ？」

「は、はい……っ」

守衛が開けてくれた扉の中に、ミルは押し込められるようにして入る。

パタン、と背後で扉が閉まった。

美しい緑に溢れた庭が目の前に広がる。

隅から隅まで知り尽くしているはずのそこが、ただマハラジャ一人だけが使っていい扉から入ったというだけで、いつもとはまるで違う、どこか別の世界の庭のように見えて新鮮だった。

昼の光を浴び、南国の花々が満開になっている。

庭師の親方が亡くなってから半年、ミルが一生懸命に肥料をやり、雑草を取り除き、大事に手入れをしてきた花たち。

今を盛りと咲き誇る彼らは、マハラジャの戴冠式のある今日を祝っているかのようだ。

(よかった。マハラジャの戴冠式には、この中庭をきれいな花でいっぱいにしてお祝いをするっていう約束だけは……ちゃんと果たすことができた)

自分の代わりに中庭担当になった庭師は、きちんと花の世話をしてくれているようだ。

花々の様子を見ながら奥へ歩いて行ったミルは、ふと足を止める。

(あ……)

中央にある休憩所。ミルから十歩ほど前方にあるその中に、マハラジャの姿を見つけた。

彼と中庭で会っていたとき、いつも二人で座っていた大理石のテーブルセット。白く優美な椅子に腰掛けたマハラジャは、緑と花々を眺《なが》めている。

屋根が作る影の下にいるから、絹の長袖《ながそで》を着ていても涼しいのだろう。

今日の戴冠式のための服なのか、立派な身体を包む金糸が織り込まれたそれは、これまで見たどの服よりも上等そうで豪華だった。草を模した見事な刺繍《ししゅう》入りの腰帯が巻かれ、そこに金と宝石でできた儀式用の長い剣が差されている。

頭に巻いたターバンには、大きな宝石の飾りが留められていた。

中庭を吹き抜けて行く風に、そのターバンから漏れた金色の前髪がふわりと揺れる。

彼の人柄そのものを表しているかのような、惹き込まれそうにきれいな灰色の瞳。

穏やかに庭を見つめているその姿を遠くから見ただけで、ミルの息は彼への愛しさですぐにも止まってしまいそうだ。

「ミル……」

草を踏んだ音と気配で、マハラジャがミルに気づく。

自分の方を向いた彼へと、ミルは真っ直ぐに近づいて行った。

「ミル、待っていたぞ」

ミルが休憩所の中に入ってマハラジャの前に立つと、椅子に座っていた彼がすっと立ち上がる。

「マハラジャ、あの、僕をお呼びとか……？」

「ああ、お前にここで話したいことがあるんだ」

包み込むようなマハラジャの眼差しに見つめられると、ミルの胸はドキドキと高鳴った。

大好きな彼ともう一度会い、言葉を交わしている。うれしさをこらえきれなくなったとき、マハラジャが中庭をぐるりと見回した。

「ここに新しく入った庭師のおかげもあるが……お前がずっと世話をしてくれていたから、こうして俺の戴冠式に、この中庭の花が満開になっているんだろう。美しい花々がまるで俺のことを祝福してくれているようだ。心から礼を言うぞ」

「マハラジャ……」

うれしい気持ちで微笑むと、彼も微笑み返してくれた。

「俺はここが好きだ。ここにいるとお前のやさしい気持ちが感じられて、本当に心から安らぐことができる」

「でも、あの……」

ミルは胸の引っかかりを言葉にする。

「僕がここに入っても……よかったんでしょうか？　僕はもう、王宮の庭師でもないのに……マハラジャしか入ってはいけない、こんなところへ入れていただくなんて……」

「お前はここに入ってもいい。ここは、マハラジャとその妃が入っていいところなのだからな」

「え……？」

意味が分からずに視線を揺らすミルに、マハラジャは深くしっかりと頷いた。

「ここはもともと、建国当時のマハラジャが妃のために造った中庭だったと話しただろう？　だから当然、昔は妃も入っていたはずだ。いつからマハラジャだけしか入れない、などという決まりになったのかは知らないが……この庭は、マハラジャがその妃と二人だけで恋を語らう場所だった。だから、マハラジャの妃なら、入っても、なにもおかしくはない」

「それは、そうだとは思いますが……」

ミルはまだ彼がそんなことを口にする意味がよく分からなかった。

「でも、僕は……マハラジャの妃ではなくて、だから……」

「妃には、これからなってもらう」

「……え？」

ミルが空耳かと思って問い返すと、マハラジャはミルを愛しそうに見つめた。

「お前にこれから俺の……この国のマハラジャの妃になってもらう、と言ったんだ」

「……」

彼の真剣な目から、空耳でもなく、冗談を言われているのでもないことが分かる。

呆然としているミルの手を取りながら、マハラジャがその場にそっと片膝をついた。

「ミル……俺が今日お前をここに呼んだのは、この話をしたかったからだ。ダリーからお前を助けて、この王宮に帰って来たあの日、ゴアに邪魔されて最後まで話をできなかった。だから……今ここで、改めてお前に結婚の申し込みをさせてくれ」

「マハラジャ……？」

以前、王宮の中でしたのと同じように跪いた彼に、ミルは息を呑む。

マハラジャは足元からミルを見上げ、真面目な顔で続けた。

「お前に正式に結婚を申し込む。どうだ、俺の生涯の伴侶となってくれるか……？」

「け、結婚……？」

ミルはしばらく呆然としたあと、恐る恐る、足元の彼に問いかける。

「結婚って……え？　僕とマハラジャが……です……か？」

「そうだ」

「でも、僕たちは男同士……です」

マハラジャはミルの手を握って跪いたまま、きっぱりと言う。

「俺の伴侶となって、ずっとそばにいると……そう約束して欲しいと、お前に懇願しているんだから、これは結婚の申し込みだろう？」

「マ、マハラジャ、本気で……言っていらっしゃるのですか？」

「もちろんだ。この前も、ゴアの前で、そういうつもりでお前に跪いたと説明しただろう？　お前を愛している、とも言った。聞いていなかったのか？」

「聞いていましたけれど、でも……」

生涯の伴侶にしようと思っている、とか、愛している、とか言ってくれたのは覚えている。

あのとき、マハラジャが自分に、伴侶としてずっとそばに……と信じられないようなことを言ってくれたのはうれしかったけれど、それは単に、ゴアに自分のことを好きだと示してくれようとして言っただけだと思っていた。

まさか、本当に伴侶にするつもりとは……『結婚』などというものをマハラジャが考えているとは、思ってもみなかった。

「じゃあ、あのときの、伴侶……というのも、本気……だったんですか？」

「今も……俺はいつでも本気だ。お前に出会ってから、ずっと真剣にお前のことが好きだ」

跪いているマハラジャは、ミルから視線を逸らさない。

「俺のあのときの言葉を聞いていたなら、俺が今、本当にあのときの続きをしたいと思っていることが分かるだろう？　お前の返事を聞きたいと思っていることも……」

マハラジャの眼差しと声が、男らしい熱っぽさを増す。

「俺は……お前一人をずっと愛し続けると誓う。この中庭には、お前以外には誰にも入る許しを与えない。一生、俺とお前だけが二人で過ごせる場所にする。だから……頼むから、これからは王宮で俺といっしょに暮らしてくれないか？」

「あ……」

「俺はお前がいないとダメなんだ。お前のようにきれいでやさしい心の持ち主のそばで生涯過ごせたら、なによりも幸せだと思う」

握られた手に力を込められて、そこからミルの中に彼の愛が流れ込んでくるようだった。

ミルは、自分の中のなにかが甘く蕩けそうになる気がした。

（マハラジャが……こんな、ここまで……好きと言ってくださるなんて）

信じられない気持ちとうれしさと、マハラジャへの溢れそうな愛情が、胸の中でぐるぐると大きな渦になっていた。

血が集まってきて頬を熱くしたミルは、おずおずと足元の彼を見つめる。

「で、でも、王宮で……マハラジャのそばで暮らすといっても、なにをすれば……いいんですか？　僕は……庭師の仕事しかできなくて……」

「お前はそばにいてくれるだけでいい」

ミルを見上げるマハラジャの目が、期待にわずかに輝く。

「もし、お前がせっかく親方から習った庭師の技能を生かしたいというなら……王宮に住みながら、この庭の世話をしてくれ。この俺とお前の中庭に、これからも俺のためだけに美しい花を咲かせてくれたら俺はうれしい」

「そ、それに、跡継ぎはどうなさるおつもりなんですか？　この国を誰に……」

「それも考えてある。父の息子は俺だけだが、俺には妹が何人かいる。将来、妹たちがよい伴侶に巡り合って子供ができたら、そのうちの一人に俺の跡を継がせようと思っているんだ」

「マハラジャ……」

ミルは握られている手を、強く握り返したくなった。

誰よりも尊敬し、愛しているマハラジャ。他の誰でもない、自分一人を心から求めてくれているその人の胸に、今すぐ飛び込んでしまいたい。

そんな強く甘い感情に流されそうになったミルは、しかし、ぐっと唇を噛んでこらえた。

「で、でも……」

最後の理性を振り絞って言う。

「そんなことを……ゴア様や、マハラジャのご親族や、重臣の方たちがお許しになるわけがありません。マハラジャはこの国の王です。伝統のあるこの国をずっと治めてこられたマハラジャの末裔《まつえい》の方と、あまりにも身分違いの僕がこの王宮で暮らすなんて……」

「もうゴアの許しは得た」

「えっ!?」

大きく息を呑んだミルに、マハラジャはしっかりと頷いた。

「ゴアだけじゃない。俺の両親も親族も、この国と王権を支えてくれている重臣たちも……皆を集めて、俺はお前を愛しているということを告げた。正式なマハラジャになったら、お前を娶《めと》っていっしょに暮らしたい、と」

「そんな……反対はされなかったのですか？」

「反対されたが、ほとんどの予定をそっちのけで、丸二日間かけて、根気強く説得した。俺はお前以外には妃を娶るつもりはないし、お前といっしょに暮らせないなら、この国のマハラジャとして生きていくことも考え直したいと思っている、と脅して……」

「そ、そんなふうに言われたんですか？」

ミルが視線を揺らすと、マハラジャは神妙に答える。

「ああ、そうだ。俺のお前への気持ちはそこまで強い。愛するお前がそばにいなければ俺は生きていけないと言ったら、皆、最後には了承してくれたぞ」

「……じゃあ、本当に？」

まだ信じられない気持ちのミルだが、ふと気づいた。

「あ……それじゃ、ゴア様がさっき会ったときに不機嫌だったのは、もしかして、僕とマハラジャとのことを認めてくださったから……なんですか？」

「まだ不機嫌そうだったか?」

「はい、すごく」

大きく頷いたミルに、マハラジャは苦笑いを浮かべる。

「全く、あいつらしい。あいつが最後まで反対していて……結局は、俺の父からも頼むと言われて、渋々折れた。息子のカッサムは、俺とお前のことを祝福してくれているぞ。……というか、お前が王宮で暮らすことになったら退屈しないだろう、と面白がっているだけかもしれないが」

「でも、マハラジャ……そこまでしてくださっていたんですね。全然知りませんでした、そんなふうに……僕とのことを考えてくださっていたなんて……」

ミルの胸は切ないような気持ちにキュッと締めつけられ、思わず泣きそうになる。

「どうだ、これで俺の本気を分かってくれたか?」

マハラジャはミルの手を取ったままで微笑んだ。

「二人の未来を悪いようにはしない、と約束しただろう? 皆の了承も得たし、あと必要なのはお前の返事だけだ。ミル……返事を聞かせてくれ。これから、俺と生涯をともにしてくれるか?」

マハラジャの真剣な目を見ていたら、ミルの目に熱いものが滲んできた。

「……ほ、本当に僕が、マハラジャといっしょに……いてもいいんですか? これから、マハラジャがずっと、僕といっしょに……いてくださるんですか?」

「ああ。お前と生涯を過ごしたい。お前じゃないとダメだ」

「マハラジャ……」

ぶわっと一気に目の前に涙が盛り上がり、透明のそれが頬をボロボロと伝い落ちる。

「マハラジャ、マハラジャ……っ」

ミルは涙を零したままで、自分の前に跪いたマハラジャを見つめた。

ギュッ、と力を込め、マハラジャの手を握る。

「すごく……すごくうれしいです。僕も、マハラジャと……ずっといっしょにいたいです。王宮でもどこでも……マハラジャのそばにいられるところなら、どこででも暮らします……っ」

「ミル……じゃあ、いいんだな？」

手を取ったままのマハラジャが、ゆっくりとその場に立ち上がった。

ミルは彼に抱きつき、広い胸に顔を擦りつけるように埋める。

背中を強く抱きしめると、すぐにマハラジャに背中をしっかりと抱き返してもらえた。その腕から、マハラジャの愛情がじんわりと身体に染み込んでくるように感じた。

「どうしよう……僕、今、すごく幸せです」

マハラジャへの愛しさが、尽きない泉のように自分の中のどこかから湧き上がってくる。

永遠にこうして抱き合っていたい、と思った。

「マハラジャ……こんなに幸せなことって、今までありませんでした」

「俺も、今、これまで生きてきた中で一番幸せだ、ミル」

マハラジャはミルをじっと動かずに抱きしめ、額に口づけを落とす。

やさしい口づけのあと、ミルの手を引いて中庭の入り口の方へと歩き出した。

「よし。それじゃ、行くぞ」

「え?　どこへ……ですか?」

涙に濡れた瞳を瞬《またた》かせてついて行くミルを、マハラジャが歩きながら振り返る。

「これから戴冠式だ。お前に見せてやると言っただろう?」

「……じゃあ、まだ儀式を終えていらっしゃらなかったのですか?」

「お前が来てくれるのを待っていた。本当は午前中に終えるはずだったんだが、ゴアに無理を言って午後にずらしてもらったんだ。そのあとの祝宴の予定が押してしまうから困る、とさんざん小言を言われたが……まあ、俺の大きな我が儘もこれが最後になるだろうから、今回はあいつに目を瞑ってもらおう」

軽く肩をすくめたマハラジャが、ミルの手を強く握る。

「俺は愛しい妻と二人で、戴冠式に臨みたかったんだ」

「マハラジャ……」

ミルは愛を込めて、彼の手をギュッと握り返した。

「さあ、ミル、行くぞ」

「はい」

マハラジャと微笑み合い、南国の花でいっぱいの中庭をあとにした。

きれいな服に着替えさせられたミルは、マハラジャの戴冠式に参列した。

その後、駆け足で始まった祝宴でも、彼の隣に席を用意してもらえた。

ミルはカッサムに杯に注いでもらった酒を、ペロペロと舌先で少しだけ舐める。戴冠式に続いて宴会に出席している国中の貴族たちが、マハラジャにひっきりなしに挨拶をしに来ていた。

数百人が広間の中央を空けて座っており、その真ん中で踊り子が舞を披露し始める。皆が深酒をし、談笑の声がさざ波のように薄暗い宴会場に広がっていた。

祝宴は明日の朝まで続くのだと、ミルはそばに座るカッサムに教えてもらった。

夜が更《ふ》けてきた頃、マハラジャのところへ祝いの言葉を述べに来ていた貴族たちの列がようやく途切れた。

マハラジャはミルといっしょに食事をしたあと、カッサムに言う。

「少し早いが、俺とミルは部屋に下がらせてもらう。明日の朝まで、誰も俺たちの邪魔をしないようにしておいてくれ」

「承知いたしました。マハラジャ、本日は本当におめでとうございます」

「ああ。俺は今日で正式にマハラジャになったが、俺とお前の仲はこれまでとなにも変わらないのがいいと思っている。これからも、今までと同じように頼む」

マハラジャは彼に向かって親しげに微笑んだ。

「明日、俺は一日休みをもらっているが……お前には、貴族たちの世話などの仕事をしてもらわないといけない。万事、よろしく頼むぞ」

「はい。私はここで、朝まで祝宴に問題がないように見ておりま す。どうぞ宴会のことはお気になさらず、ゆっくりお休みになってください」

カッサムが微笑んで頷くと、マハラジャは隣のミルの手を取って立ち上がった。

「それじゃ、ミル、行こう」

「は、はい……」

主役が消えてしまうのがあまり目立たないよう、ミルはマハラジャと静かに宴会場を出る。

警備の者以外は誰もいない、夜の静けさに満ちた階段。踊り場の窓から黄色い月明かりが差し込むそこを、マハラジャに連れられて五階へと上がっていった。

これから、自分は愛するマハラジャの部屋でいっしょに暮らす。

彼の部屋が近づいてくるにつれ、今まで頭では分かっていても信じられないでいたそのことが、現実のものとして胸に迫ってきた。

「ミル……お前に、さっそく妻として初めての仕事をしてもらいたい」

「妻としての仕事……?」

守衛が二人立っている部屋のドアを開けて中に入り、マハラジャは居間を通り抜ける。

ミルの手を引いたままで寝室に入った彼が、静かに扉を閉めた。

寝室の中は薄暗い。寝台脇にあるテーブルの上の燭台《しょくだい》に、小さな灯りが点《つ》いているだけだ。

次の瞬間、手を離されたと思ったら、ミルはいきなり膝と背中を持たれて横抱きにされた。マハラジャの胸までヒョイと軽く持ち上げられて、わっ、と短い悲鳴を上げる。

「あ……あの、マハラジャ……っ？」

落ちないようにしっかりとミルの身体を抱いたマハラジャが、楽しそうに頬を緩《ゆる》ませる。

「ん？　なんだ？」

「あのっ、これ……なんですか？　どうして……」

眉尻を落とすミルに、マハラジャは満足そうに微笑んだ。

「こんなふうに、俺の妻を寝台まで運んでやるのが夢だった。お前が俺のものになってくれた記念の夜だ、このくらいのことをするのは許してくれ」

「夢……」

そういえば、王宮内の寺院のそばで初めて身体を繋げたときも、同じようにされた。

マハラジャはきっと、こういうことをするのが好きなのだろう。

でも、これは恥ずかしいです、と言いたい気持ちになる一方、マハラジャにそんなふうにされてうれしい自分がいる。

頬を染めたミルを、マハラジャは中央の大きな寝台の方へと連れて行った。

「花が散らされているな……」

そう言ったマハラジャの腕から、そっと寝台の頭部の方に下ろされる。

前に投げ出した足先の白い敷布に、桃色の花が……ミルの手の中に握り込めるくらいの小さな花が、百から二百ほど散らされていた。

「あ、本当ですね」

いくつもの房付きの絹のクッションに、ミルは埋まるようにもたれた。

脇のテーブルの上から、燭台が寝台の上を小さな灯《ひ》で照らしている。その赤いわずかな灯りでも、花弁の優美な形ややさしい色が分かった。

「この花は……」

ミルは一つ摘まんで目の前まで上げ、ふと気づく。

「これ、マハラジャのために中庭にたくさん植えておいた……マハラジャが『永遠の幸せ』というのが花言葉だ、って教えてくださった花です。僕が小さい頃、両親に置いていかれたときに、手に持たされていた……」

「ああ、そうだな」

マハラジャはミルのすぐ横に座り、足を床に下ろした。

「そういえば、この花は結婚式でもよく飾られる祝福の花だ。なんといっても、今日は俺がお前を自分の妻にできた日だ。戴冠式を終えて正式にマハラジャとなったことと同じくらい、それも喜ばしいことだからというわけで、誰かがこの花を用意してくれたんだろう」

「だ、誰か……って？　誰がですか？」

ミルが頬を赤くして訊ねると、マハラジャはミルの頬をすっと手で包む。

唇を軽く重ね、甘くやさしい口づけを落としてきた。

「こんなふうに洒落《しゃれ》たことをしてくれるのは、カッサムかマルア辺りしかいないだろう？　ゴア……という線は、さすがにないだろうな」

「ゴ、ゴア様は、まだ僕とマハラジャのことを怒っていらっしゃるのでしょうか？」

「心配するな。頭の固いあいつも、じきにこの状況に慣れるだろう」

マハラジャはまた、ちゅ、と愛しそうにミルに口づける。

「まあ、この花は誰が用意してくれたものでもいいじゃないか。とにかく、俺たちが結ばれたことを祝ってくれてのことなのだろうから」

「でも、潰れると可哀相なので、寝る前に除《よ》けないと……」

「……お前はやさしいな。そういうところを見ると、ますますお前のことを好きになってしまうぞ。それじゃ、俺が除けてやる」

ミルの頬から手を離したマハラジャは、立ち上がって花々を寝台の隅へと手で掻《か》くようにして除け、中央を大きく空ける。

「これでいいだろう？　ほら、ここに寝ればいい」

「あ……」

頭部のクッションにもたれていたミルは、二の腕を持たれて身体を引っ張られる。マハラジャの広い胸に抱き込むようにされ、寝台に仰向けに押し倒された。

「さっき言った、妻としての初めての仕事をしてくれ」

寝台に膝をついて上がってきたマハラジャに、両手を頭の横に縫い留められる。首筋の肌を吸われて、ミルの背中にゾクゾクと快感の震えが走った。

「その……マハラジャが言われている、妻としての初めての仕事……って、なんですか？」

「妻の一番大事な仕事といったら、やはり閨《ねや》の中でのことだろう？」

ミルの手を拘束していたマハラジャの左手が離れ、下へ向かって中心を包む。

ギュッと握るように性器を撫でられた。

「あ……っ」

思わず甘い声を上げると、マハラジャはそんな反応がうれしいというように目を細めた。

「俺は、寺院のそばでお前を抱いて以来……一度もお前に触れていない。寂しかったうえ、お前に本当は好きじゃないのに身体を重ねたなどと言われて、とても傷ついていた」

「す、すみません……」

眉尻を落としたミルの鼻先に、マハラジャが自分の鼻先を愛しげに擦り合わせる。

金髪の向こうに見える、灰色のきれいな目。燭台の灯りに赤く照らされてすぐそばに見えているそれが、ミルへの愛と欲望に見る見るうちに熱く染まってきた。

「今夜は、俺をずっと寂しがらせていた埋め合わせをしてもらうぞ。朝まで放さないから、その覚悟をしておけ」

「あ、あの……んっ」

頬をさらに赤くしたミルの唇は、素早くマハラジャの唇に塞がれる。

口の中を彼の舌に舐められ、吸われながら、服を脱がされていった。スルスルと絹の擦れる音をさせて、マハラジャはミルが着ていた上等な服を全て剝いでしまった。

「ミル、きれいだ……」

彼はミルが恥ずかしくてたまらなくなることを言って、ミルの立てた脚の間に膝立ちになる。

ミルの全裸を見下ろしながら、自分の式典用の立派な服を脱いでいった。

マハラジャは筋肉のついた引き締まった身体をさらし、着ていた上着と下衣を全て寝台の下に落とす。最後に、頭に巻いていたターバンをするりと解いて外した。

さらっ、と金髪がマハラジャの額に落ちた。

薄暗い天井。寝台脇のテーブルの上にある燭台の灯を浴びて、その髪が眩《まばゆ》いばかりに輝く。ミルはその美しさにぼんやりと見惚れていた。

「ミル、ミル……」

マハラジャが小さな可愛らしい幸せの花を潰さないようにして、身体を重ねてくる。

彼の手のひらが、肌の感触を確かめるようにミルの全身を撫で回した。

ミルもその愛撫に応えようと、彼の広い背中から臀部にかけてを撫でる。お互いの息が次第に荒くなり、肌に熱い汗が浮いてきた。

「……っ」

マハラジャがこらえきれなくなったように身を起こし、ミルの下腹部の方へ下がっていく。

彼はミルの脚を持って谷間をさらし、入り口を舌と唇で愛撫し始めた。

「あ、ぁ、あ……っ」

甘い愛撫とくすぐったさに、ミルの頭の芯が溶かされていく。

充分に熱いそこをほぐしてくれたあと、マハラジャが身を起こした。彼はミルを愛しそうに見下ろし、硬く屹立《きつりつ》した先端を窄まりに押しつけてくる。

「ミル……お前を愛している」

熱い吐息とともに、彼の雄がミルの中に押し込まれた。

「愛している、愛している……」

「ぁ、あ……っ！」

筒状のそこを奥まで貫いたマハラジャの太さに、ミルは息を詰める。

根元まで自身を収めた彼が、大きく腰を使い、潤んだミルの中で前後し始めた。

「あ、ふ……は、はぁ……っ」

敏感な内側の肉を擦られたとたん、ミルは込み上げた愛情と射精感をこらえられなくなる。

マハラジャと会って、話をして……こうして抱きしめてもらいたい、と一人きりで願いながら過ごしていた時間が長かったせいかもしれない。

「ん……っ、マハ……マハラジャ」

伸しかかってきたマハラジャに、背中を抱かれる。

ミルも彼の汗に濡れた背中をしっかりと抱き返し、熱に浮かされたように愛を告げた。

「マハラジャ……僕、マハラジャのことが……好きです。愛……愛しています」

息を弾ませて見上げると、マハラジャにもう一つ、唇に愛を込めた口づけを落とされた。

下を繋げたままで、口の中を濡れた音を立てて情熱的に吸われる。そうされるとあまりに気持ちよくて、恍惚《こうこつ》の渦の中に巻かれ落ちていくようだった。

「俺もお前のことが誰よりも好きだ。それから、自分のことを誰よりも幸せな男だと思う。こうして、愛するお前といっしょになれたんだから」

「マハラジャ、マハラジャ……っ」

うれしくて身体の中を前後する雄をギュッと締めつけたとたん、マハラジャが息を詰める。

「……っ」

腰を震わせた彼のものが硬さと太さを増し、ミルは頬を染める。

「ぁ……」

「お前の中に……放ってしまいそうだ。お前は……？」

荒い、欲望をこらえた声で訊ねられた。

「僕……も」

窄まりの中に、ジンと甘い痛みのような痺れが広がる。理性を全て溶かしそうなそれを感じながら、ミルはマハラジャの首に抱きついて何度も頷いた。

「僕もです、僕……もっ」

「ミル……」

耳元に口づけを埋めたマハラジャが、よりいっそう激しくミルの奥を突き上げる。

「あ、あふ、は……っ」

「ミル……愛してい……る」

彼の律動が速まって、お互いの絶頂がすぐ近くに見えた。

「は……はぁ、は、んっ」

「愛している、愛している……っ」

「僕も、僕も愛していま……す……あ、あーっ！」

弾む二人の呼吸がぴったりと重なったと感じた瞬間、マハラジャが腰を大きく突き込むのと同時に、硬く膨《ふく》らんだ雄を弾けさせる。

「……っ」

「ん、んぅ……っ！」

身体の奥に熱い精液が放たれたそのとき、ミルもまた腰を震わせて達していた。


放出で力を失ったマハラジャの身体が、ミルの胸の上に落ちてくる。

ミルは幸せな彼の重みを感じながら、荒い息を整えた。

「あ……」

手を脇に伸ばすと、隅に除けられていた花に触れた。桃色のそれの方へ顔を向け、花を一つそっと手に握り込むようにすると、自然と熱い涙が溢れてくる。

こめかみを伝ったそれを、マハラジャが口づけで吸い取ってくれた。

「どうした？　昼間の中庭でもそうだったが、今日のお前は泣いてばかりだ」

「すみません。すごく……うれしくて、なんだか泣けてきて……」

ミルは脇へ伸ばした手の中にある桃色の花を見つめたあと、正面へ顔を戻した。身体を重ねているマハラジャの目を、幸せの涙でいっぱいの瞳で見上げる。

「マハラジャの言っていたことは本当でしたね」

「ん？」

「この『永遠の幸せ』という花言葉の花をそばに置くと、必ず幸せになれる、って。マハラジャといっしょにいられて、僕は本当に幸せです。幸せに……なれました」

今から十年ほど前。

四歳で両親に寺院の前に置いていかれたときも、自分は同じ花を手にしていた。

捨てられた小さな自分は、その晩、保護された孤児院の中で悲しさに泣いた。今と同じように手の中にあった、この桃色の花を見つめて。

でも、今は違う。今流している涙は、悲しみのそれじゃない。

誰かの愛を失っての涙ではなく、自分を一番に愛してくれている人に巡り合い、その腕に抱かれて幸せでたまらないから、溢れてくる涙なのだ。

「ミル……これからも、お前をずっと幸せにしてやる」

「マハラジャ……」

口づけをしてお互いの愛を分け合ったあと、ギュッと抱きしめ合う。

充分に幸せで満たされていくのを感じていたミルの身体から、マハラジャが上半身を起こして離れた。彼は腰の方へ下がっていき、ミルの脚を持って左右に深く割る。

「よし、それじゃ、もう一回するか」

「え……？」

ミルが目を見張ると、マハラジャは男らしいその頬に王者然とした微笑みを浮かべた。

「今夜は朝まで放さない、と言っただろう？」

おしまい

マハラジャのあとがき

この本をお手に取っていただき、ありがとうございます！

長年、憧れていたマハラジャのお話を書くことができて、とてもうれしいです。夢が叶ったといいますか、なにか大事なことを一つ成し遂げたような、清々しい気分です。

このお話を書くときに「うふふ、マハラジャの写真集買っちゃいました（しかも自費）。お送りしますから、資料に使ってくださいね♪」と本当に写真集を送ってくださった担当さん。執筆後に「実はカッサムがすご〜く好きなんですっ」とこっそり告白したつもりの加納に、力強く「ええ、もちろん分かっていますよ！　そうだと思っていました！」と返してくださった担当さん。

お互いに「この人に私の脳を読まれているんじゃ……？」と恐れている（笑）、そんな担当さんがいなければ、このお話を書くことはできませんでした。ありがとうございます、安井さん！

そして、キラキラと眩しい挿絵を描いてくださった、桜城やや先生、ありがとうございます。

このマハラジャのお話には桜城先生に挿絵をつけていただきたいんです、とずっと担当さんにお願いしていましたので、お引き受けいただけたときは本当にうれしかったです。表紙も本文イラストも、すごく可愛くて甘い雰囲気に、丁寧に描いてくださってありがとうございます！

お読みくださった皆様に、このお話をお楽しみいただけましたら幸いです♪

二〇〇八年八月吉日　　加納　邑

◆初出一覧◆

マハラジャの愛妻　　／書き下ろし

恋愛度100％のボーイズラブ小説雑誌!!
イラスト／佐々成美
イラスト／稲荷家房之介
多彩な作家陣の
豪華新作!!
読み切り満載♥
ノベルズの人気シリーズ
最新作も登場!!
イラスト／明神 翼
人気ノベルズの
お楽しみ企画も満載♥
絢爛ピンナップ＆
限定スペシャルしおり
＆コミック
イラスト／蓮川 愛
小説b-Boy
ビーボーイ
毎月
14日
発売
Libre
毎月のラインナップは、HP／モバイルでチェックしてね♥
A5サイズ

ビーボーイ小説新人大賞

「このお話、みんなに読んでもらいたい！」そんなあなたの夢、叶えてみませんか？

小説b-Boy、ビーボーイノベルズ、ビーボーイスラッシュノベルズにふさわしい小説を大募集します！ 優秀な作品は、小説b-Boyで掲載、公式サイトb-boyモバイルで配信、またはノベルズ化の可能性あり♡ また、努力賞以上の入賞者には担当編集がついて個別指導します。あなたの情熱と新しい感性でしか書けない、楽しい小説をお待ちしてます!!

募集要項

************作品内容************

小説b-Boy、ビーボーイノベルズ、ビーボーイスラッシュノベルズにふさわしい、商業誌未発表のオリジナル作品。

************資格************

年齢性別プロアマ問いません。

************応募のきまり************

●応募には小説b-Boy掲載の応募カード（コピー可）が必要です。必要事項を記入の上、原稿の最終ページに貼って応募してください。
●〆切は、年２回です。年によって〆切日が違います。必ず小説b-Boyの「ビーボーイ小説新人大賞のお知らせ」でご確認ください。
●その他注意事項はすべて、小説b-Boyの「ビーボーイ小説新人大賞のお知らせ」をご覧ください。

************注意************

・入賞作品の出版権は、リブレ出版株式会社に帰属いたします。
・二重投稿は、堅くお断りいたします。

ビーボーイノベルズをお買い上げいただきありがとうございます。
この本を読んでのご意見・ご感想をお待ちしております。

〒162-0825 東京都新宿区神楽坂6-46
ローベル神楽坂ビル7階
リブレ出版㈱内 編集部

リブレ出版ビーボーイ編集部公式サイト「b-boyWEB」と携帯サイト「b-boyモバイル」でアンケートを受け付けております。各サイトにアクセスし、TOPページの「アンケート」から該当アンケートを選択してください。（以下のパスワードの入力が必要です。）
ご協力お待ちしております。

b-boyWEB　http://www.b-boy.jp
b-boyモバイル　http://www.bboymobile.net/
(i-mode, EZweb, Yahoo!ケータイ対応)

ノベルズパスワード
2580

マハラジャの愛妻

2008年9月20日 第1刷発行

著者——加納邑

発行者——牧歳子

発行所——リブレ出版 株式会社
〒162-0825
東京都新宿区神楽坂6-46ローベル神楽坂ビル6F
営業 電話03(3235)7405 FAX03(3235)0342
編集 電話03(3235)0317

印刷・製本——凸版印刷株式会社

Printed in Japan
ISBN 978-4-86263-451-1

カバー絵・口絵・本文イラスト■桜《さくら》城《ぎ》やや

　顔を上げると、睫が触れそうなほど近くにマハラジャの鼻先が迫っていた。
「大丈夫か？」
　金髪の間から覗く美しい灰色の目に、ミルはドキッと甘く胸を鳴らす。
（本文より）